DistelLiteraturVerlag

Chantal Pelletier verfügt über eine Vielzahl an Talenten. Sie ist Psychologin, Schauspielerin, Drehbuchautorin und vor allem Schriftstellerin. In ihren Büchern überrascht sie mit immer neuen Facetten ihrer großen Begabung. Zusätzlich zu ihrem ausgeprägten schwarzen Humor besitzt sie einen immensen Ideenreichtum, mit dem sie Hochspannung bis zur letzten Seite erzeugt. Bislang veröffentlicht wurden verschiedene Romane, Humoresken, ein Jugendroman, eine Biographie sowie drei Kriminalromane, von denen zwei in der «Série noire» bei Gallimard (Paris) erschienen sind.

Chantal Pelletier

Eros und Thalasso

Aus dem Französischen von
Eliane Hagedorn und Barbara Reitz
(Kollektiv Druck-Reif)

Distel Literaturverlag

Deutsche Erstausgabe

Sonnengasse 11, 74072 Heilbronn
Die Originalausgabe erschien 1998
unter dem Titel «Éros et Thalasso» in der «Série noire»
bei Éditions Gallimard (Paris)

Druck und Bindung: Fritz Steinmeier, Nördlingen
Umschlagentwurf: Jürgen Knauer, Heilbronn
ISBN 3-923208-46-4

Für Jessica
Und für Jean-Bernard Pouy

Ich sehne mich nach Liebe,
wie man sich nach Schlaf sehnt.
Georges Braque

Farbe ist das, was unsere Augen denken.
Cézanne

GRÜN

Die Tote lächelte selig. Maurice trat in dem grellen Licht ein Stück vor. Sein Gesicht verzog sich zu einer Grimasse. Kein Glück, das war heute bereits seine zweite Leiche. Die erste, ein Ertrunkener, der seit drei Tagen im Ärmelkanal dahindümpelte, von den Wellen angefressenes Fleisch, eine große, klaffende Wunde im Rücken, war kein hübscher Anblick. Die lächelnde Brünette hatte ihr Dasein zumindest in Schönheit beendet, wie sie da in ihrem Saft aus gefriergetrockneten Algen schwamm, die vom Thalasso-Institut in Granville spezialbehandelt wurden, um das Fett zum Schmelzen zu bringen und die Haut zu verjüngen. «Es geht um die Form, nicht um die Formen!» Wie konnte man nur glauben, daß das Eintauchen in eine solche Brühe den Verfall aufhalten würde? Die Schöne war darin erstarrt, das konnte einem schon den Geschmack an der Meeresvegetation verderben. Maurice hätte dafür kein so drastisches Beispiel gebraucht. Schlamm- oder Meerwasser-Sprudelbäder, die einen in ein Stück gesalzenes Siedfleisch verwandeln, waren nicht sein Ding.

«Ich habe gerufen: ‹Madame, Madame, haben Sie das Klingeln nicht gehört? Sie müssen jetzt aus dem Bad und duschen!› Aber sie rührte sich nicht, sie lächelte mich nur an, mit ihren großen starren Augen ...»

Das Gesicht der jungen Masseurin war aufgelöst, sie schluchzte und fröstelte in ihrem Bademantel.

«Ruhig, ganz ruhig!» raunte ihr einer ihrer Kollegen in Boxershorts zu, ein Typ wie Lucky Luke.

«Interessant!» rief Tiberghen, der rothaarige Gerichtsmediziner.

Er untersuchte eine Stichstelle in der Armbeuge. Ausgehend von einem winzigen Punkt, zog sich die Spur eines Blutstropfens, die nicht vollständig von dem grünen Wasser abgespült worden war. Er schien entzückt. In Granville brauchte man sich nur selten den Kopf über die Todesursache der Leute zu zerbrechen: ertrunken, von einem Auto überfahren, mit einem Jagdgewehr erschossen, auf dem Speicher erhängt. Der lange Lulatsch genoß im voraus die Laborergebnisse, während er das Mädchen betrachtete:

«Welch Liebreiz in Toilette und Lächeln!»

Tiberghen war ein Zitierfreak. Meist gab ihm Maurice die passende Replik, doch diesmal fiel ihm nichts ein. Er wickelte einen Zimtkaugummi aus dem Staniolpapier, faltete das Rechteck zweimal, drückte es zwischen Daumen und Zeigefinger zusammen und schob es in den Mund. Er war völlig fertig. Die zwanzig Meter lange Doppelfenster-Front brachte das Meer, das unter einem fahlen Himmel döste, zum Schweigen. Tiberghen beugte seinen roten Schopf über das Mädchen… Das Rot war eine reine Vermutung, denn Maurice sah Grün, und dies nicht aus ökologischer Überzeugung: Unter seinem Blick nahm Rot die Farbe von grüner Schlammerde an, der blaugrüne Ärmelkanal bekam im Sonnenlicht den Ton eines englischen Rasens, die vom Salzwasser überfluteten Wiesen schimmerten wie ein Malachit, und selbst blutroter Wein wurde wachsfarben.

«Hier, Kommissar Laice, die Karteikarte der Patientin», meinte Reverchon, der Direktor des Instituts.

Gebräunt und athletisch – eine echte Werbung für sein

Haus – hielt er sich offensichtlich für den jungen Alain Delon in seiner Glanzzeit.

«Sie war zum ersten Mal bei uns», erklärte er und schien jetzt wieder gefaßt.

Maurice las: Gloria Kadoré, 38 Jahre. Ziel des Aufenthalts: Bewegungs- und Entspannungstherapie und Rückenschule. Leicht depressiv, leichte Skoliose, Blutdruck 120 : 80, 53 Kilo, 1,69 m. Wohnhaft im Departement Yvelines, Beruf: Hotelfachfrau ...

«Ich möchte Sie bitten, die Sache diskret zu behandeln, Herr Kommissar. Können Sie sich vorstellen, welchen Schock das bei unseren Kurgästen auslöst?»

Maurice ließ die Taschenrechner-Mentalität dieses Liegestützenfanatikers kalt.

«Organisieren Sie ein Kartenspielturnier oder eine Wattwanderung zum Mont Saint-Michel, denn so schnell werden Ihre Kurgäste nicht wieder planschen können.»

«Soll das ein Scherz sein?»

«So etwas vermeide ich, wenn mein Gegenüber keinen Humor hat», knurrte Maurice.

«Ein Herzinfarkt, so was kann schließlich vorkommen!»

«Da ist mein Kollege anderer Ansicht», meinte Momo und deutete auf Tiberghen.

Kleinlaut schüttelte sich Reverchon und warf ihm einen finsteren Seitenblick zu, wie ein Schäferhund, der sich an einem Autoreifen erleichtert.

«Offenbar keine anderen Spuren von Gewalteinwirkung am Körper», bestätigte Tiberghen. «Wir stecken sie ohnehin in die Kühlung.»

Maurice stimmte ihm zu: «Und beeil dich mit dem Laborbericht! Gilles, du rufst das Personal und die Kurgäste im Büro des Herrn Direktor zusammen, ab drei Uhr, eine Viertelstunde pro Person. Führen Sie mich herum?» fragte er Reverchon, der jetzt, da er vor Ärger seine widerlich weißen Zähne versteckte, wesentlich weniger braun wirkte.

Das Institut von Granville öffnete sich mit einem großen Glaskasten zum Strand hin: links die Oberstadt, die hinter ihren Mauern auf einem Felsen klebte, rechts das unendliche Meer, das sich den hellen Sand emporfraß. Das warme Meerwasserhallenbad, das Jacuzzi und die Ruheräume waren am Meer entlang gelegen. Im hinteren Teil verbargen sich die Behandlungskabinen und Massagebänke hinter marineblauen Vorhängen. Etwas weiter reihten sich Duschkabinen um ein Schwimmbecken, das von Folterinstrumenten wie Ketten, Bänken und Rollwagen umstellt war: Hier hofften die Kassenpatienten nach einem Auto- oder Motorradunfall, einer mißglückten Operation oder anderen «Nettigkeiten» den Gebrauch ihrer Arme oder Beine zurückzuerlangen. Um die Einrichtungen, die vormittags den echten Invaliden vorbehalten waren, rentabel zu machen, standen sie ab sechzehn Uhr als «Komfort-Thalasso» den Gestreßten jeder Art zur Verfügung, die kamen, um sich ihre Fettwänste streicheln zu lassen und trübe Gedanken und Zellulitis zu vergessen. Das Institut lief sehr gut, und Stadt- und Kreisverwaltung trugen sich mit dem Gedanken, es zu vergrößern. Seit drei Monaten empfing ein nagelneues, rosa verputztes Hotel mit großen Glasfenstern die Kurgäste. In den Fabriken zur moralischen Aufmöbelung gab es keine Rezession. Das einundzwanzigste Jahrhundert würde ein einziger riesiger Gymnastikkurs werden oder gar nicht stattfinden.

Die Angestellten defilierten in ihren Bademänteln vor Maurice. Zehn propere Burschen unter 35, von der Gischt der Meereskur gedopt. Dazu die Gymnastiklehrer, der Schwimmlehrer, zwei Männer und zwei Frauen, die sich um die Massage und die Anwendungen kümmerten, eine Sekretärin, die in der Rezeption und Telefonvermittlung arbeitete, und zwei Mädchen, die bei den Umkleidekabinen über die Vergabe von Bademänteln und Handtüchern wachten. Alle verstanden sich darauf, offene Türen einzurennen. Jeder brachte sein Lob über das gute Arbeitsklima an. Alle waren darauf bedacht, ihren Job zu behalten. Recht eindrucksvoll, die Angst vor der Arbeitslosigkeit. Niemand hatte etwas Verdächtiges oder Ungewöhnliches bemerkt, kein seltsames Geräusch, der Tag war ohne den geringsten Zwischenfall verlaufen. Die Kurgäste setzten sich aus zwei Rentnerehepaaren zusammen, einer Depressiven aus Clermont-Ferrand, einem jungen Paar, das seinen fünften Hochzeitstag mit Meerwasser taufte, einem internationalen Stabhochspringer, der aussah wie Marlon Brando zu jener Zeit, als er in Endstation Sehnsucht sein T-Shirt badete, und dem sein Verein die Kur bezahlt hatte. Immer dasselbe: nichts gehört, nichts gesehen, nichts zu sagen. Gloria Kadoré sprach mit niemandem und aß zweimal täglich allein im Restaurant. Man sah sie am Strand oder am Hafen spazierengehen. Sie nahm nicht am morgendlichen «Sauerstoff-Programm» teil, bei dem ein Sportlehrer die Kurgäste im Laufschritt traben ließ und sie mit Atemübungen nervte.

Als Maurice zu Mireille in die Veranda des *Bistrot des Îles* kam, war Ebbe. Hinter den rostroten Felsen, die an einen riesigen Friedhof erinnerten, tänzelte eine feine Schaumlinie. Momo leerte sein Glas mit Birnenmost in einem Zug, während Mireille genüßlich ihr Helles süffelte. Sie leitete den Schönheitssalon des Thalasso-Instituts: Bräune aus der Röhre, Epilation, Peeling, Blondierung von Damenbärten. Gloria Kadoré war einmal zu ihr zum Enthaaren der Unterschenkel und der Bikinizone gekommen.

«Eine schöne Frau..., aber sie redete nicht viel. Die Sorte Frau, die mit ‹ja› antwortet, wenn man zu ihr sagt: ‹Schönes Wetter heute›. Mir ist das nur recht, da kann ich mich etwas ausruhen. Du kannst dir nicht vorstellen, was ich mir den lieben langen Tag über alles anhören muß! Man muß nicht gleich sein Leben erzählen, nur weil man sich die Haare an den Beinen entfernen läßt!»

Mimi zog eine Schnute, streckte sich und zerzauste ihren

platinblonden Bubikopf. Sie war zierlich und leicht wie eine Feder. Doch selbst eine Feder war zu schwer für Maurice. Alles schlug ihm auf den Magen. Einige Jahre zuvor hatten Mimi und er in Granville ihre Einsamkeit aneinander gerieben. Doch nach einigen Wochen intensiven Purzelbaumschlagens hatte das Ergebnis nicht ausgereicht, um in die nächst höhere Klasse aufzusteigen. Die Schüler waren nicht gut genug gewesen, um weiterzukommen. Seither lud Maurice Mimi von Zeit zu Zeit ein, mit ihm eine Platte Meeresfrüchte im *Hotel du Large* in der Nähe des Casinos zu teilen.

«Falls du etwas Eigenartiges sehen oder hören solltest...»

«Ich werde Augen und Ohren offenhalten», versprach sie.

Er streichelte ihre Wange und drückte einen Kuß darauf. Warum war dieser Idiot nicht in der Lage zu lieben? Das Mädchen war großartig, sie hatte ihn geliebt, dieses Nichts, und er hatte ihr die kalte Schulter gezeigt. Sie hatte ihn gewollt, doch er wollte nichts. Man sagt, das Verlangen sei die Liane des Lebens. Er war nie fähig gewesen, sie zu ergreifen. Ohne Fortbewegungsmittel im Dschungel ausgesetzt, verkroch er sich wie ein Idiot im Schatten des Unterholzes.

Er ging hinauf zum Parkplatz. Die Luft war mild und roch nach Jod und Fisch. Im Abendlicht nahm der Himmel die Farbe des Meeres an, oder vielmehr, das Meer nahm die Farbe des Himmels an. In der Ferne erinnerte das Archipel von Chausey an ein langgestrecktes Raumfahrzeug, das durch den endlosen, lichtdurchlässigen Himmel schwebte. Gerade als Maurice die Treppen, die zur Oberstadt führten, hinaufsteigen wollte, traf er Reverchon, der bei genauerer Betrachtung doch älter sein mußte, als seine Allüre des gut gepflegten Stars vermuten ließ. Er fing wieder mit seiner Taschenrechner-Mentalität an:

«Mir wäre es lieber, wenn diese Sache nicht allzu sehr an die Öffentlichkeit käme, Kommissar. Verstehen Sie? Für uns ist das äußerst unangenehm.»

«Ich arbeite nicht für eine PR-Agentur», brummte Momo.

Dieser Kerl mißfiel ihm gewaltig. Er sah grüne Augen, aber vielleicht hatte er auch braune.

WOLKE

Hoch über den polnischen Ebenen streckte sich Agnès genüßlich. Nach dem Shiatsu-Kurs, den sie unter der Leitung eines blinden buddhistischen Mönches in einem japanischen Kloster absolviert hatte, fühlte sie sich in Hochform. Zwischen zwei *zazen*-Sitzungen hatte sie ihre Technik zur Massage der Akupunkturpunkte vervollkommnet. Ein Patient, dessen trübe Gedanken sie zweimal wöchentlich behandelte, hatte ihr seinen Air-France-Bonus in Form eines kostenlosen Hin- und Rückfluges Roissy–Narita abgetreten, und zwar in der Business-Class, mit wahren Ministersesseln und Alkohol, so viel man wollte. Nach was verlangt das Volk? Danach, in der Business-Class durchs Leben zu fliegen, den Hintern in einem Samtsessel, auf den Lippen das Prickeln von Champagner, anstatt sich in der Touristenklasse das geschädigte Rückgrat zu ermüden und Salmonellen-Sandwiches zu futtern.

Neben ihr saß ein großer Chinese aus dem Norden des Landes, der mit ihr plauderte. Der Ärmste flog direkt von seinen Kunden in Osaka zu denen in Levallois-Perret, ehe es dann nach New Jersey weitergeht. Wer da behauptet, ein müder Körper beschere eine gesunde Seele, möge die Vielflieger befragen, dann würde er anders denken!

Die Erde unter dem Bauch der Boeing 747 schien winzig. Kaum war das Frühstück beendet, das eines First-Class-Hotels würdig gewesen wäre, mit Rührei, Lachs und frisch gepreßtem Orangensaft, befanden sie sich schon über dem Elsaß, das unter einer mausgrauen Wolkendecke lag. Agnès liebte Langstreckenflüge, Vorboten einer Zeit, in der es keinen Camembert und keine Landstraßen mehr geben würde, sondern nur noch erschöpfte, vereinsamte Wesen, die rund um den Erdball fliegen und nichts als Pillen fressen.

Agnès reichte dem Chinesen die Karte des Gasthauses *Auberge bleue*, auf der neben dem Farbfoto eines von wildem Wein überwucherten Herrenhauses zwei Sterne prangten.

«*Very nice!*»

«*Wonderful french food!*» erklärte Agnès. «*Absolutely delicious!*»

«*And you, what are you doing there?*»

«*Psychologist!*» säuselte sie mit dem Akzent von Yves Montand.

«*Psychologist!*»

Hongkong-Star schien beeindruckt: Die Asiaten halten nur selten auf einem Diwan Nabelschau, selbst wenn sie sich langsam von Buddha, Mao und Tao entfernen, wegen dieser jüdisch-dümmlichen Mode, so wie bereits Hamburger und Coca Cola ihren Siegeszug angetreten haben. Doch sobald sie durch diese Schweinereien ebenso verkorkst wären wie die Menschen im Westen, müssen sie wohl auch zur technischen Überwachung beim *psychologist* anrollen, um nicht aus der Spur zu laufen!

«Ich biete auch Entspannungsübungen und Shiatsu an…»

«Shiatsu?» prustete er.

Agnès klärte ihn freundlich auf: Manchmal wandte sie bei ihren Patienten die Massage der Akupunkturpunkte an.

Es war vor allem erholsam, jemanden zum Schweigen zu bringen, der seit Monaten über sein Leben faselte, und sehr lehrreich, seinen Wanst abzutasten, der oft das verriet, was der Patient in stundenlangen Gesprächen zu verbergen suchte. Diese Vorstellung brachte die Augen des Chinesen zum Leuchten.

«I love massages», brummte er und ließ dabei den Kopf kreisen wie der Löwe von Metro-Goldwyn-Mayer.

Männer aus dem fernen Osten lieben die westlichen Frauen wie Finnen den Wodka. Der Gestreßte aus dem Reich der aufgehenden Sonne würde vielleicht eines Tages zwischen zwei Jetlags bei ihr vorbeischauen, um die angespanntesten Teile seines Körpers durchkneten zu lassen, und diese Perspektive verlieh ihm den Blick eines Italieners mit Aussicht auf Liebe und Wein. Er reichte ihr seine Visitenkarte mit Handy- und Faxnummer:

«Come to visit me!»

Warum nicht? Agnès liebte Hongkong, wo sie vier Jahre mit ihrem Ex-Mann, einem Bankangestellten, Abteilung Internationale Finanzen bei *Crédit Agricole*, gelebt hatte.

«Bitte nehmen Sie ihre Plätze wieder ein und klappen Sie die Tischchen hoch.» Agnès hatte gerade noch Zeit, sich wieder herzurichten, in die Leinenjacke zu schlüpfen und ihre winzigen Füßlinge aus aufgerauhter Baumwolle gegen die Schuhe mit Keilabsatz zu tauschen, als die Boeing 747 schon zur Landung in Roissy ansetzte.

Der Himmel im Norden von Paris war schmutziggrau, eine ganze Herde von schwarzen Schäfchenwolken mit zotteligem Fell drängte sich um den Rumpf des Flugzeugs, «... die Bodentemperatur beträgt 12° C.» Jedesmal, wenn Agnès nach Frankreich zurückkehrte, mußte sich der Flieger durch diese schmutzige Baumwollschicht graben, die wie eine ständige Glocke über den beiden naturgeschützten Libanonzedern hing, die die Autobahn A1 bewachten.

Als die Räder des Monsters den Boden berührten, hatte Agnès einen Anflug von Melancholie und später, als sie ihren Koffer hinter sich herzog, einen heftigen Adrenalinstoß: Was hatte ihre Mutter dort hinter der Zollabsperrung zu suchen? Noch dazu mit einem Gesicht, das so mitgenommen aussah, als hätte man es in einen Schraubstock gespannt und dann weiß gekalkt!

«Auf Wiedersehen und bis bald», bemerkte der Chinese mit seinem albernen Oxford-Akzent.

Agnès tötete die Libido dieses Schnösels mit einem Blick, während Moune in Tränen ausbrach.

«Gloria ist tot!» schluchzte sie

Als sie in dem alten Fiat saß, dessen Getöse an einen Mixer erinnerte, der das sehnige Steak eines BSE-Rindes zermahlt, weinte Agnès nicht, sie fühlte sich schwer und weich, wie ein Klumpen Schweineschmalz. Am Steuer schniefte leise José, ihr portugiesischer Stiefvater, wie immer ein wenig staubig von der ewigen Baustelle in der *Auberge,* wo es stets etwas zu reparieren gab. Wie häßlich die Umgebung von Paris doch war, alles schiefer- bis perlgrau! Ein mit einer orangefarbenen Leuchtweste gepanzerter Straßenarbeiter lief zwischen den Leitplanken herum und schien Angst zu haben, bei dem Versuch, eine kümmerliche Forsythie vom Unkraut zu befreien, von einem Fünftonner zermalmt zu werden. Die Hölle, das sind nicht die anderen, sondern eine graue Autobahn, die sich zwischen einer Kläranlage und einem internationalen Flughafen dahinschlängelt.

«Haben sie sonst nichts gesagt?»

«Sie warten auf das Ergebnis der Autopsie.»

Agnès war k.o. Um den seit langem überfälligen Urlaub nachzuholen, hatte ihre Schwester sich eine Thalasso-Therapie geleistet und eine endgültige Schlafkur verpaßt bekommen. Was war das nur für eine vertrackte Geschichte?

«Ich wäre so gerne an ihrer Stelle gestorben, das Leben ist nicht gerecht», schluchzte Moune in Tränen aufgelöst.

Dabei wußte die ganze Familie, daß sie fünfundneunzig werden würde. Es gibt solche Leute, mit denen man nie einen Kauf auf Rentenbasis wagen sollte.

Agnès kaute an ihrem rechten Zeigefinger und riß sich mit einem Biß ihren acht Wochen mit Gelatinewachstumsmittel gepflegten Nagel ab.

«Das darf doch wohl nicht wahr sein!» rief sie, als sie einen Polizisten sah, der sie herauswinkte. «Diesen Idioten mache ich fertig!»

Die Rostlaube italienischer Herkunft, die seit zwei Jahrzehnten dahinrollte, und ihr gebräunter Fahrer zogen die Aufmerksamkeit der Polizei auf sich wie ein Blitzableiter den Blitzschlag. Der Uniformierte studierte die Zulassung. Angesichts der laut schluchzenden Moune und des schniefenden José hob er die Hand wie einen Scheibenwischer an seine Dienstmütze und meinte:

«Tut mir leid, aber denken Sie daran, den rechten Blinker reparieren zu lassen. Für dieses Mal will ich von einer Verwarnung absehen ...»

«Fick dich ins Knie», knurrte Agnès.

«Wie bitte?»

«Wir werden das sofort richten lassen», wiederholte sie mit ausdruckslosem Blick.

Sie begann die Nachricht zu begreifen und biß sich vor Entsetzen auf die Zunge: Gloria war nicht mehr da.

«Und Elvis?»

«Er hat nichts gesagt, er weint nicht einmal. Es ist furchtbar.»

Agnès stellte sich sein schokoladenbraunes Gesicht vor und ihr Magen zog sich zusammen – sechzehn Jahre, 1,85 groß, Schuhgröße 45 ...

«Am Morgen ihres Todestages hat Gloria noch angerufen», weinte Moune. «Es ging ihr gut, und sie war sehr zufrieden mit der Kur. Ich habe Elvis ans Telefon geholt, und sie haben über ihre Kamerun-Reise im Sommer gesprochen.»

«Ich dachte, sie wollte nie wieder einen Fuß nach Afrika setzen!»

«Was weiß ich denn», stieß ihre Mutter mit tränenerstickter Stimme hervor.

In Elvis' Zimmer dröhnte die Musik von NTM. Im vollen Hip-Hop-Rausch – Kopf nach unten wie die Spitze eines Kreisels, Beine hoch, gegrätscht wie eine umgedrehte Wäscheklammer – stoppte Elvis und sprang auf die Füße. Er stand da wie Fred Astaire, der gerade eine Stepfigur beendet hat, mit leicht geöffneten Armen und ausgestreckten Händen. In seinem fahlen Gesicht schimmerten zwei große schwarze Augen. Der Tante zog es das Herz zusammen und ihre Stimme entgleiste, ehe sie schließlich ein «Hallo, mein Liebling» herausbrachte.

Sie umarmte ihn und wuschelte durch seine Dreadlocks. Er machte sich schnell frei, schließlich war er kein Baby mehr, sie gab ihm die Geschenke aus Nippon, Tonnen von Mangas und die neuesten Nikes.

«Cool!»

Er küßte sie auf die Wangen. Sein Teint war nicht mehr schokoladenbraun, sondern grau. Sie bekam zwei einsilbige Antworten auf idiotische Fragen, die ihren Schmerz verrieten, nicht den seinen. Er wiegte sich leicht und wünschte sie zum Teufel. Stumm. Konnte sie ihn nicht in Ruhe lassen?

«Elvis, bei mir brauchst du nicht so zu tun, als wäre nichts passiert.»

Er zuckte kaum mit der Wimper und stemmte sich auf der linken Hand in die Höhe. Sie ließ ihn allein wieder auf den Boden kommen. Auf der anderen Seite des Gangs schlummerte Glorias Zimmer friedlich im Dämmerlicht. Agnès warf ihren Koffer hinein. Sie hatte beschlossen, sich in Elvis' Nähe und in Glorias Welt einzurichten. Dann weinte sie eine gute halbe Stunde unter der Dusche; es gibt Tage, an denen es einem guttut, Wasser zu verschwenden!

In den Bademantel ihrer Schwester gehüllt, durchschritt sie das Zimmer, das ganz in Gelb- und hellen Grautönen gehalten war, die an den Himmel im August erinnerten. Es roch nach Lavendel und... nach Gloria. Über dem Bett in einem kleinen Schildpattrahmen hing folgender Satz, den sie in Kalligraphie geschrieben hatte: «Das Samenkorn der Erbse hat die gleiche Größe wie das des Affenbrotbaums».

Als Agnès erschöpft und mit einem flauen Gefühl im Magen Elvis' Zimmer betrat, lag dieser angezogen auf seinem Bett, den Blick starr zur Decke gerichtet. Sie setzte sich neben ihn und gab ihm einen zärtlichen Kuß.

«Du kannst natürlich ablehnen, aber ich bitte dich, morgen mit uns nach Granville zu fahren. Ich möchte, daß du deine Mutter siehst!»

Er mußte das Bild seiner toten Mutter vor Augen haben, um eines Tages trauern zu können, das bestätigten alle Psychologen und sogar sie selbst, und das wollte etwas heißen! Elvis protestierte nicht, es schien ihn wohl zu interessieren.

«Das wird hart, aber später wird es besser für dich sein...»

Und plötzlich brachen Zirrus und Stratus auf, und eine Flut von Tränen rann über das Gesicht des Jungen, seine Schultern wurden von heftigem Schluchzen geschüttelt. Agnès schloß ihn in die Arme, und da der Ärmste gut einen Kopf größer war als sie, flossen die Tränen in ihr Haar und über ihre Stirn.

Plötzlich hatte Agnès einen Sohn, und wehe, wenn ihm jemand ein Härchen seiner Dreadlocks krümmen würde. Dem ersten, der sich ihm näherte, würde sie die Eier abreißen und fritieren.

SCHWARZ

«Sie hielt sich sehr gerade», bemerkte der Krankengymnast, «nur eine leichte Krümmung im Bereich der Beckenwirbel.»

Auf dem kleinen Schwarz-Weiss-Monitor sah man, wie sich Gloria auf ein Bett legte, einen Karton aufhob und ihn wieder auf den Boden stellte, in einem Auto aus Sperrholz Platz nahm, einen Gegenstand vom oberen Brett eines Regals nahm, sich die Zähne vor einem Waschbecken putzte und sich an einen Tisch setzte, um zu schreiben. Alle Kurgäste, die die Rückenschule in Granville besuchten, wurden bei jeder einzelnen Übung gefilmt, um alltägliche Bewegungen neu zu lernen und sich die Prinzipien einzuprägen, die zu einem «gesunden Rücken» führten. Anmutig und konzentriert bewegte Gloria ihren Körper, der an den einer Tänzerin erinnerte, das Gesicht war ernst, die Bewegungen geschmeidig. Sie war wirklich schön. Genau die Art von Frau, an die Maurice sich nicht heranwagte, und sein Herz zog sich zusammen, als er daran dachte, daß diese albernen Gymnastikübungen die letzte Erinnerung an sie waren.

Schlurfend, ein Zigarillo im Mund, kehrte er ins Kommissariat zurück. Es war mild, ja fast warm, und die Luft stank nach Fischsud. Am Horizont, der mit dem Wasser zu verschmelzen schien, schwebten einige Boote, und in der Nähe des Hafens kreischten über den rötlichen Schrottbergen des Schiffsfriedhofes ein paar Möwen.

In seinem sechs Quadratmeter großen Büro angekommen, las er das Fax, das das Kommissariat des Departements Yvelines nach einem Besuch in Glorias Haus geschickt hatte. Das half auch nicht viel weiter…

Aus Tiberghens Bericht ging hervor, daß der schöne Kurgast durch eine starke Dosis an Barbituraten getötet worden war, genauer gesagt durch Evipan, das in die Klasse der Hexobarbitale gehört und in der Chirurgie häufig als Narkosemittel verwendet wird. Davon hatte man Spuren in ihrem Blut gefunden, und darüber hinaus in den oberen Atemwegen Halothan, ein Narkosegas… Barbarisch all diese Namen. Maurice würde sich den Bericht von dem Rotschopf erklären lassen müssen. Er lief in sein Büro.

«Dein Ertrunkener von vorgestern ist durch Messerstiche getötet worden, ehe man ihn ins Wasser geworfen hat», empfing ihn Tiberghen beim Hereinkommen. «Der Körper weist zahlreiche Spuren von Schlägen auf, und das nicht nur, weil er über die Felsen geschleift wurde. Er ist ordentlich verprügelt worden, ehe man ihn zum Baden geschickt hat.»

Seine Zähne, die an die von Fernandel erinnerten, blitzten im Mund auf. Noch nie hatte Maurice jemanden gesehen, der angesichts eines Unglücksfalls derart frohlockte. Diesen Typen hätte man dafür bezahlen können, daß er bei Beerdigungen hysterische Lachanfälle heraufbeschwor!

Jaume, Hauptkommissar in Caen, und seine Leute hatten die Identität des Ertrunkenen festgestellt: Patrick Verjot, ein Linker, der die monatlich erscheinende Studentenzeitschrift *«On va pas se laisser faire»* – «Wir lassen uns nichts gefallen» herausgab. Seine Eltern hatten am Vortag die Leiche identifiziert. Sie wohnten in Beaupré, oben auf dem Felsen…

«Das ‹Notizbuch› der Leiche ist, wie du dir vorstellen kannst, nicht zu entziffern ...»

Die Entzifferung des «Notizbuches», d.h. die Auswertung von Fingerabdrücken, Spuren, Indizien usw., mußte in der Tat schwierig sein. Vier Tage zuvor hatte plötzlich ein Sturm mit Windstärke 7 an der Küste von Granville getobt, und der Leichnam war sicherlich übel zugerichtet. Momo brummte:

«Ich werde seinen Eltern einen Besuch abstatten!»

Er war tierisch schlecht gelaunt. Er hatte gehofft, acht Tage Urlaub nehmen und seine Eltern im Mâcon besuchen zu können, wo sie sich zur Ruhe gesetzt hatten, aber mit zwei Leichen am Hals konnte er das vergessen.

«Bei der Kleinen aus dem Thalasso-Institut, kannst du mir da vielleicht dein lateinisches Szenar mit einigen Bildern verdeutlichen?»

«Sie war gut gebaut, was? Ich merke schon, du hast ein Faible für sie, Maurice.»

Der Rotschopf ging ihm auf die Nerven.

«Laß mich in Ruhe!»

«Du wirst langsam wirklich unerträglich, Laice! Wenn man nicht mal mehr einen Scherz machen kann ... »

Es stimmte, Scherze waren nicht unbedingt seine starke Seite. Er war nicht wie Tiberghen. Er hatte die unangenehme Manie, die Lebenden ihren Leichen vorzuziehen. Und die schöne Gloria hatte er eben erst in dem Video gesehen. Sie hielt sich gerade, ihre Bewegungen waren beschwingt, und er vermochte ihr Gesicht nicht aus seinen Gedanken zu verjagen. Zu Lebzeiten hatte sie sicherlich wilde Leidenschaften entfacht: das Verlangen der Männer und die Eifersucht der Frauen.

«Du hast den Bericht doch gelesen. Man hat ihr eine tödliche Dosis Barbiturate gespritzt», meinte Tiberghen. «Ich denke, vorher hat man der Schönen ein mit Halothan getränktes Tuch unter die Nase gepreßt, das ist das Zeug, mit dem man dich bei kleineren chirurgischen Eingriffen betäubt, wenn keine Vollnarkose nötig ist.»

Das war es also! Das Mädchen rekelte sich in seinem Bad, genoß das warme Prickeln der Algen auf der Haut, den Meeresgeruch und vergaß, gewiegt von leiser Musik, die leichte Skoliose und ihre depressiven Anwandlungen. Da kam jemand von hinten, hob den Vorhang vor der Badewanne... und zack!, eine sanfte Droge unter die Nase, und schon konnte man in Ruhe die Spritze mit der Überdosis setzen.

«Das ist praktisch und schnell, ich denke, man braucht nicht länger als eine Minute, es macht keinen Lärm. Aber der Typ muß die Örtlichkeiten gut gekannt haben, um sich unbemerkt hineinschleichen zu können.»

Der Mörder war ein Perfektionist, daran hatte Maurice keinen Zweifel. Ein sauberer, ordentlicher Mord, eine Edelstahl-Science-fiction-Version des Pfeils der Apachen in einem Edelwestern und ganz ohne Blutvergießen. Eine Arbeit, die zu den blau-weißen Fliesen paßte, mit denen Boden und Wände des Thalasso-Instituts gekachelt waren, und zu den Bademänteln der Kurgäste und Angestellten. Der Mörder war ein Ästhet! Doch was Maurice nicht verstand, war, warum Gloria in ihrer Badewanne nicht untergegangen war...

«Wenn du eine gute halbe Stunde bei schwacher Hitze in einer Badewanne siedest, legt man dir einen Keil unter die Füße, damit du nicht gleich beim ersten Einnicken ertrinkst. Stell dir nur all die Opas vor, die versuchen, ihr Fleisch zu straffen, indem sie sich Neptun preisgeben. Da hätten sie aber viel zu tun...»

So also war Glorias Gesicht mit dem engelsgleichen Lächeln brav über Wasser geblieben. Maurice fragte sich, ob er im Sterben lächeln würde. Nein, er wäre sicherlich unzufrieden. Er liebte diese niedere Welt, die nichts Großartiges hatte, nicht sonderlich, doch er würde es schlecht aufnehmen, wenn er nicht mehr erführe, wer nach Chirac Präsident werden und wer die nächste Fußballweltmeisterschaft gewinnen würde. Er wäre nur dann ein fröhlicher Toter, wenn er im Alter von neunzig Jahren stürbe. Das ließ ihm noch fünfzig Jahre zu leben. Dreiundfünfzig genauer gesagt, also sechsmal so lange, wie er schon hier in Granville war, das heißt fast, denn sechs mal neun machte nicht dreiundfünfzig sondern vierundfünfzig, daran war nichts zu ändern, das Neunereinmaleins hatte er noch nie gekonnt! Dabei hatte er ein gutes Zahlengedächtnis. Das hatte er von seinem Großvater geerbt, der die letzten Jahre seines Lebens mit idiotischen Multiplikationen verbracht hatte! Vielleicht würde Momo ja enden wie er, das heißt, wie ein Taschenrechner, dem der Knopf zum Ausschalten fehlte! Verflucht, heute hatte er wirklich nur trübe Gedanken! Daraufhin zündete er sich das dritte Zigarillo des Tages an und fragte:

«Glaubst du, daß da Spezialisten am Werk waren?»

«Mach keine Witze! Um eine intravenöse Spritze zu setzen, muß man kein Genie sein... Ich bin sicher, wenn ich es dir in einer halben Minute erkläre, wirst sogar du es besser können als jeder Heroinsüchtige...»

«Wie praktisch!»

Momo kehrte in sein Büro zurück.

«Gilles, wir fahren zu den Eltern von Verjot! Wir haben noch zwei Stunden Zeit, bis die Familie der Badenixe kommt.»

«Ok, Chef!»

Patrick Verjots Eltern wohnten in einem kleinen Häuschen in einer vor etwa zwanzig Jahren errichteten Siedlung. Man sah das Meer nicht, doch man hörte das Tosen der Brandung in der Ferne, und die feuchte Luft verklebte das Heideland mit ihrem Salz und verbreitete einen durchdringenden Geruch nach Tang. In einem winzigen, von einer Thujahecke gesäumten Gemüsegarten reihten sich unter dem rostbraunen Laub eines Pflaumenbaums Lauch- und Salatpflanzen aneinander, ein Rasenfleck bildete den Teppich für einen Gartentisch mit Stühlen und eine Hollywood-Schaukel. Rundherum leuchteten Tulpen und Stiefmütterchen in drei, durch eingegrabene Dachziegel abgetrennten Beeten. Das Innere des Hauses war ganz im Stil des Warenhauses *Conforama:* Eßzimmer mit Anrichte, Folklore-Püppchen aus Spanien und Bayern und an den Wänden Gemälde, die das aufgewühlte Meer zeigten. Maurice dachte, daß es bei seinen Eltern genauso aussah, der Fernseher auf dem kleinen Barschrank und die mit beigefarbenem Skai bezogenen Sessel: Ein Ort, wo man sich an einem Gemüsesalat mit Mayonnaise und einer Lammkeule mit dicken Bohnen labt, ehe man bei Kaffee und einem kleinen Schnaps Karten spielt und auf die Ergebnisse der Fußballspiele und der Pferderennen wartet. Der Alte rauchte *Gitanes,* die Mutter trug eine geblümte Bluse über ihrem Plisseerock. Patrick war ihr einziges Kind, das sie spät, erst mit fast vierzig, bekommen hatten.

«Er war ein guter Schüler und in der Oberstufe hat er sogar einen Preis bekommen», erklärte die Mutter.

Nach dem Gymnasium in Granville hatte Patrick Verjot ein Stipendium für ein Jurastudium in Caen ergattert und verdiente sich als Kellner in einem Bistro in der Nähe der Kathedrale ein paar Franc dazu. In seinem winzigen Zimmer, das er schon als Schüler bewohnt hatte und in das er von Zeit zu Zeit für ein Wochenende zurückkam, gab es eine von Regalen umbaute Liege, einen kleinen Kiefernholzschreibtisch und ein großes Poster von *Pulp Fiction*...

«Wissen Sie, ob Ihr Sohn Feinde hatte? Hat er irgendwann anklingen lassen, daß er Ärger hatte?»

«Er war ein guter Junge», versicherte der Vater, «und er hatte ein Herz aus Gold. Natürlich begeisterte er sich für unseren Geschmack etwas zu sehr für Politik. Schon auf dem Gymnasium war er Schülersprecher und dabei hatte er die Nase dauernd in einem Buch.»

«Und wußten Sie über seine Monatsschrift Bescheid?»

«Unsere Familie ist von jeher links eingestellt gewesen. Er dachte eben nicht nur an sich, aber er war kein Extremist.»

«Eine Verlobte oder eine Freundin?»

«Er erzählte uns nicht viel über solche Sachen», seufzte die Mutter, während sie ihr Taschentuch zwischen den Fingern drehte.

«Solche Sachen» hatte sie mit einer Mischung aus Entsetzen und Abscheu gesagt. Momo insistierte nicht weiter, Gilles hatte alles mitgeschrieben.

«Wenn Sie irgend etwas Neues erfahren, geben Sie uns bitte Bescheid.»

Als Momo sich verabschiedete, wollte der Vater sie begleiten.

«Kaum zu glauben, aber man kann das Meer sehen, gleich da drüben ...»

Er deutete auf einen hundert Meter entfernten großen Haufen aus Lehm und Steinen, auf dem spärliche Grashalme wuchsen. Die Siedlung war seit über fünfzehn Jahren fertig und noch immer war dieser abscheuliche Hügel da, der den Blick versperrte. Der Alte führte sie auf die Spitze, von wo aus man die Wasserlachen sah, die bei Ebbe auf dem langen Strand glitzerten, und weiter hinten den wogenden Ärmelkanal, wo sich nur schwach, wie ein im Nebel flirrendes Trugbild, der Mont Saint-Michel abzeichnete. Weiter im Norden schoben die Chausey-Inseln ihre winzigen Zähne ins Meer. Auf der anderen Seite des Schutthaufens, am Ende des Heidelands, boten einige Anfang des Jahrhunderts gebauten Häuser ihre eleganten Dächer der Meeresbrise dar und drei futuristische Bauten mit verschachtelten Terrassen und großen Glasfenstern schienen herausfordernd bis zur amerikanischen Küste hinüberzublicken. «Wir lassen uns nichts gefallen» hatte Patrick beschlossen, der offenbar die Nase voll davon gehabt hatte, daß der Kuchen immer unter denselben aufgeteilt wurde. Der Alte erklärte mit Tränen in den Augen:

«Ich muß Ihnen etwas sagen, Herr Kommissar, meine Frau redet nicht gerne darüber, aber unser Sohn interessierte sich nicht…, nun ich meine…, für Frauen, ihm waren Jungs lieber, und wir sahen, daß er manchmal Höllenqualen litt! Sie müssen unbedingt den Schuldigen finden, Kommissar, ich weiß nicht, ob meine Frau diesen Schock überleben wird.»

Maurice verabschiedete sich von ihm und dachte dabei an seine eigenen Eltern, die wie Millionen von anderen Rentnern still in ihrem kleinen Häuschen wohnten und sich fragten, warum sie langsam senil wurden, noch ehe sie richtig gelebt hatten.

«Gilles, du fährst nach Caen», erklärte Momo, als sie nach Granville zurückfuhren. «Du schaust dir sein Zimmer an und befragst den Hausmeister, die Nachbarn und den Wirt des Bistros, in dem er gearbeitet hat, die Angestellten, die Gäste, alles, was dazugehört.»

«In Ordnung, Kommissar. Glauben Sie, daß es sich um ein Sittendelikt handelt?»

«Es geht um Tote, mein Junge. Und Tote haben zu Lebzeiten nie gute Sitten…»

Der junge Araber, ganz von den Helden amerikanischer Fernsehserien geprägt, war aufgeregt und stolz auf seinen ersten eigenständigen Auftrag. Beinahe hätte Momo ihm gesagt, daß ihre Arbeit ausschließlich darin bestand, in der Scheiße zu wühlen, aber wozu? Das würde er schnell genug selbst merken!

Auf dem Kommissariat erwarteten ihn drei Angehörige von Gloria. Die Mutter war völlig aufgelöst, aber trotz ihres Kummers und der vom Weinen geröteten Augen eine attraktive Sechzigerin. Offensichtlich war sie, ebenso wie

Gloria, eine schöne Frau gewesen. Die knackige Brünette mit dem schulterlangen Haar, Anfang dreißig, mußte die Schwester sein und der Mischling mit dem stechenden Blick der Sohn. Ein Junge, der größer war als er selbst, und dabei konnte man ihn nicht gerade als klein bezeichnen: 1,75 m, das war eine ordentliche Größe, die allerdings sicher nicht ausreichte, um sich mit Top-Models herumzutreiben, aber das war auch gut so, denn Top-Models, nein danke, die waren nicht sein Fall! Mädchen, die nur mit den Augen essen, um eine Wespentaille und einen festen Hintern zu behalten! Maurices erotische Phantasien richteten sich nicht auf Vögel oder Insekten. Der junge Kerl hatte seinen stechenden Blick in seine Augen versenkt, einfach so, ganz unverfroren. Das machte Maurice befangen und so blieb er mit erhobener Hand stehen:

«Kommissar Maurice Laice, angenehm.»

Er zögerte kurz, er hatte keine Lust, sich mit dem Trio konfrontiert zu sehen:

«Ich werde zunächst mit der jungen Dame sprechen, wenn es Ihnen recht ist», sagte er und deutete auf die Brünette.

Agnès folgte dem Polizisten mit schleppendem Gang, sie war völlig erschöpft. Der Motor in ihrem Innern war kaputt, die Pleuelstange blockiert. Sie hatte gerade noch genug Energie gehabt, um Elvis zu seiner Mutter zu bringen, damit er sich das Bild einprägte und die Realität ihres Todes in sich aufnahm. Nun konnte sie sich kaum mehr auf den Beinen halten, seit sie ihre Schwester gesehen hatte, ihr Gesicht, das trotz des Puders, den die Angestellten des Beerdigungsinstituts aufgetragen hatten, an grünlichen Marmor erinnerte, Gloria, die dem Körper von Gloria entflohen war wie das Meer dem Sand zur Tagundnachtgleiche, ihre Haut, die zwischen den Knochen einzusinken begann. Agnès hatte Elvis' Hand gedrückt und gesehen, wie langsam eine Träne über die Wange des Jungen rollte, ohne daß er irgendeine Reaktion oder Regung gezeigt hätte, und sie hatte begriffen, daß sie ab jetzt nur der Zorn aufrecht halten würde. Sie mußte es herausfinden! Sie würde es herausfinden, und wenn sie dafür töten müßte... Das sollte dieses Nichts von einem Bullen begreifen, doch wenn sie seinen stumpfen Gesichtsausdruck sah, war sie schon im voraus entmutigt. Zwei schwarze Kaffeebohnen anstelle von Augen, dünnes, zu langes Haar und gekleidet wie ein Büroangestellter – nicht gerade zum Anbeißen.

Sie ließ ihn in den komplizierten Familienbeziehungen umherirren. Ja, sie waren Schwestern, aber sie hatten zwei verschiedene Väter und ihre Mutter war mit einem Mann verheiratet, der weder der Vater der einen noch der anderen war. Also trug keine der Frauen in dieser Familie denselben Namen! Das konnte ihm doch egal sein! Wirklich ein armseliger Typ, im übrigen rauchte er Zigarillos, stinkende Dinger, der bescheuerte Kerl befürchtete wohl, man könne ihm sonst zu nahe kommen!

«Sie sind also ...»

«Agnès Perrault!»

«Wie der Märchensammler?»

«Wenn Sie damit sagen wollen, ich sei eine Fee, ist das zwar sehr nett, aber damit haben Sie noch keinen Punkt gemacht.»

Momo fand sie hübsch, der Zorn stand ihr gut. Er entspannte sich, rollte seinen Stuhl ein Stück zurück und legte die Füße auf die Schreibtischkante. Das brachte Agnès vollends gegen ihn auf. Er hielt sich wohl für den Marlboro-Cowboy. Was für eine armselige Vorstellung!

«Ich habe ein Fax vom Kommissariat aus den Yvelines bekommen. Die Durchsuchung bei Ihrer Schwester hat nicht viel ergeben...»

Das war nicht weiter verwunderlich! Agnès hatte die ganze Nacht gebraucht, um alles durchzukämmen, ehe die Polizei morgens um acht Uhr kam. Sie hatte die Liebesbriefe, die sie in Glorias Zimmer gefunden hatte, in ihrer Praxis versteckt. Sie waren von einem gewissen Nouredine Naoud unterzeichnet, ein ägyptischer Diplomat mit einer poetischen Ader. Den Briefen lag ein Foto bei, das einen etwa 55jährigen Mann mit glühendem Blick, sinnlichen Lippen und graumeliertem Haar zeigte ...

«Sind Sie sicher, daß es Mord war? Kein Selbstmord?»

«Man hat ihr eine Überdosis Schlafmittel gespritzt, nachdem man ihr irgendein Dreckzeug unter die Nase gehalten hatte, um sie zu betäuben ...»

Agnès warf dem Kommissar einen vernichtenden Blick zu und schrie beinahe mit übertrieben deutlicher Betonung, wie wenn sie es mit einem Schwachsinnigen zu tun hätte:

«Vor vier Jahren hat meine Schwester ihren Mann Baptiste Kadoré, einen Franzosen afrikanischer Herkunft und Vater meines Neffen, unter eher unklaren Umständen verloren ... Der gebürtige Kameruner mit französischer Staatsangehörigkeit hatte auf der A7 zwischen Sens und Fontainebleau den Tod gefunden, ganz allein, in seinem an der Leitplanke zerschellten GS; und zwar an einem Tag ohne Regen oder Nebel, und er war auch nicht der Typ, der betrunken in sein Auto stieg oder sich beim ersten heftigen Zahnschmerz umbrachte! Er war eher ein unbequemer Anwalt, der alt werden wollte: Sein Verschwinden wäre zu vielen Leuten gelegen gekommen! Ich bin sicher, daß die offizielle Unfallversion falsch ist, daß er umgebracht wurde, und daß der Mord an meiner Schwester mit dieser Sache zu tun hat.»

Momo lauschte dem Mädchen. Ihre großen grünen Augen waren viel zu grün, um nicht echt zu sein. Er schwieg. In dieser nervlichen Verfassung durfte man ihr nicht widersprechen...

«Ich bin sicher, daß er nicht aus freien Stücken gegen die Leitplanke der Autobahn gefahren ist. Und genau da müssen Ihre Nachforschungen ansetzen!»

An dieser Stelle schob sich ein neues Zigarillo zwischen Momos Lippen. Ein Schwarzer, der drei Jahre zuvor in einer dunklen franco-afrikanischen Affäre ums Leben gekommen war? Das schien ihm plötzlich etwas viel, und er fühlte sich nicht mehr sehr stark. Er sah das Mädchen an. Sein Kopf war leer. *Black is black, I want my baby back*... Dieses Lied war ungefähr so alt wie er... 1962? '63? *Black is black.*

«Kapieren Sie das?» erregte sich Agnès angesichts der verdutzten Miene ihres Gegenübers.

«Ihre Schwester hielt sich unheimlich gerade», meinte Maurice, als würde er ihr eine maßgebliche Information mitteilen. «Sehr, sehr gerade!»

Agnès hatte kein Glück, sie war an einen Volltrottel geraten, einen absoluten Hohlkopf. Tränen stiegen ihr in die Augen, und sie hatte Lust ihn anzubrüllen, er solle verschwinden, dieser Blödmann. Doch es war kein Zufall, daß sie ihm begegnet war. Maurice Laice! Vierzehn Tage lang hatte sie in der Zelle, die sie in dem japanischen Kloster bewohnte, auf der mit Reisstroh verkleideten Wand, das Rad der Unbeständigkeit, die Leere des Zen-Geistes vor Augen gehabt. Es bestand aus folgenden, auf einem Stück Reispapier zu einem unendlichen Kreis geschriebenen Worten: *more is less is more is less*... Maurice Laice, den Namen dieses kleinen Idioten aus Granville sprach man ebenso aus, und der stand an der Wand eines Tempels am anderen Ende der Welt. Das war ein Zeichen!

WEISS

«Warum tust du das?»

«Damit das Huhn schön weiß bleibt!»

«Du übertreibst, Mama, mit dieser Prinzipientreue arbeitest du dich noch zu Tode!»

Das war eine Marotte. Wenn Moune ein gekochtes Huhn zubereitete, rieb sie das Geflügel zuvor sorgfältig mit Zitronensaft ein. Sie kochte ebenso sehr mit dem Auge wie mit den Händen, der Nase, dem Gaumen. Ihr Kalbsragout war sehr hell, das Fleisch wurde in Bouillon gekocht, der Topf, in dem die Sauce köchelte, durfte weder aus Aluminium noch aus Gußeisen sein, dann wurde diese entfettet und mit einem Eigelb legiert. Und ihre Speckwürfel! Sie waren aus Bauchspeck und bonbonrosa. So oft Agnès ihr auch erklärte, daß sie nie zu Geld kommen würde, wenn sie ihre Anstrengungen bei einem Menü zu 75 Franc, Käse und Dessert inbegriffen, bis zum richtigen Farbton des Fleisches trieb, sie wollte nichts davon hören! Das Mittagsmenü zog Architekten, Unternehmer und Vorarbeiter an, die auf den umliegenden Baustellen arbeiteten. Moune war stolz auf ihre *Auberge,* einziger Lichtblick in dieser Vorstadtwüste, und Agnès fragte sich manchmal, ob ihre Mutter an ihrem Herd nicht mehr für die Psyche der Leute in der Gegend tat als sie in ihrer Praxis.

«In drei Jahren ist die *Auberge* abbezahlt, bis dahin werden wir schon durchhalten», meinte Moune und steckte das Hinterteil ihres gefüllten Geflügels mit einem Holzstäbchen zu.

Wenn sie in ihrer Küche war, vergaß sie, ihre Tochter zu beweinen. Ihr Schluchzen verstummte, die Hände zitterten nicht mehr, und sie war ganz auf ihre Arbeit konzentriert. Über Geld wollte sie sich keine Gedanken machen. «Sorgen sind die Brennesseln der Intelligenz», pflegte sie zu sagen. Bis jetzt hatte Gloria das Ruder gehalten, Steuernachzahlungen vermieden, Konten, Kredite und Investitionen unter Kontrolle gehalten, all das, was sich zu einem Sturm zusammenbrauen und ohne Vorwarnung kleine Familienbetriebe vernichten konnte. Besonnen hatte sie die *Auberge* unter dem Banner der beiden Sterne, die an den blauen Fensterläden angeschlagen waren, gesteuert. Gloria hatte sich um ihre Mutter und ihren Stiefvater gekümmert, wie andere sich um ihre Kinder kümmern. Sie gab sich lieber dem Spiel der anderen hin, als ihre eigenen Karten auszuspielen. Sie hatte ihren Glanz immer hinter dem der anderen versteckt. Warum? Während ihres Jurastudiums hatte Gloria ein Praktikum bei Baptiste gemacht, der zu jener Zeit schon Anwalt war. Sie war nie wieder an die Uni zurückgekehrt, sondern hatte mit ihm und für ihn gearbeitet, als Sekretärin, Assistentin, Archivarin... 1981 hatten sie geheiratet, sie war damals einundzwanzig gewesen. 1982, während ihrer Schwangerschaft, hatte sie ab dem fünften Monat liegen müssen. Nach Elvis' Geburt hatte sie sich um ihn gekümmert, ihn gestillt und schließlich aufgehört, für Baptiste zu arbeiten. Als José und Moune 1988 die *Auberge* kauften, half sie ihnen, sie machte einen Kurs in Buchführung und der Leitung von Betrieben. Seit der Eröffnung der *Auberge bleue* schien Gloria keine Spuren mehr hinterlassen zu haben. Sie zog sich in eine Stille zurück, wie andere in Wut ausbrachen. Sie verschloß sich wie eine Auster. Welche Perle wollte sie züchten? Gloria fuhr regelmäßig nach Paris. Was tat sie dort? Traf sie sich mit jenem Nouredine, der ihr die Liebesbriefe geschrieben hatte und an dessen Telefon niemand auf die verzweifelten Anrufe von Agnès antwortete? Für was interessierte sie sich? Agnès würde es nie erfahren. Daran hätte sie früher denken müssen. In ihren Gesprächen mit Gloria war Agnès immer dominant gewesen. Sie war nicht in der Lage zu sagen, ob ihre Schwester sich im Kino noch einmal die Trilogie *Der Krieg der Sterne* ansah oder ob sie Filme von Cassavetes und Neil Jordan vorzog. Besuchte sie Freunde, ging sie mit Freundinnen Shopping? Nein, Klamotten waren nicht ihr Ding. Und wenn sie Freunde gehabt hätte, dann hätte Agnès sie auf der Beerdigung sehen müssen. Die Todesanzeigen in *Le Monde* und *Libération* hatten niemanden aufgerüttelt. Bei der Einäscherung hatte Agnès nur die Stammgäste der *Auberge* begrüßt, Freunde von Moune und José.

«Und bei Baptiste, wer war eigentlich auf seiner Beerdigung?»

«Ich habe ein Heft mit den Unterschriften und Adressen derer, die kondoliert haben. Das habe ich für Gloria auch gemacht.»

«Zeigst du es mir?»

«Was hast du vor, Agnès?»

«Ich will es verstehen, das ist alles. Wenn wir uns auf die Flics verlassen, werden wir nicht so schnell klarsehen.»

«Es liegt in dem Schrank in meinem Zimmer, unter den Nachthemden.»

Agnès begann in den Tiefen des Kirschbaumschranks zu wühlen, in dem es nach Mottenkugeln roch. Der Geruch dieses Schrankes aus der Bresse zog ihr jedesmal das Herz zusammen, ein Stich in die Nabelschnur ihrer Kindheit... Sie hatte nie mit ihrer Schwester über den Geruch dieses Schrankes gesprochen, Mottenpulver, grüner Apfel und vielleicht ganz im Hintergrund ein wenig Lavendel ... Diesen Schrank hatte Moune schon zu der Zeit gehabt, als sie mit Glorias Vater, einem Helden oder Märtyrer der Nationalen Befreiungsfront, zusammen war, und auch zur Zeit ihres eigenen Vaters ... Jetzt verwahrte sie zwischen Unterhosen und Hemden Kondolenzbücher, das von Baptiste mit dem braunen Einband und das von Gloria, in Ultramarinblau gebunden. Welche Farbe würde sie für José und für Agnès selbst wählen? Denn Moune würde sie doch sicher alle beerdigen.

Ganz in ihr Buch vertieft, ging Agnès zurück in die Küche, wo es nach gekochtem Huhn duftete:

«Annick Favre? Der Name kommt mir bekannt vor ...»

«Sie war bei ihrer Hochzeit. Sie hat mit Baptiste zusammen studiert und ist ebenfalls Anwältin. Gloria und sie waren nie Freundinnen, ich denke ..., du weißt ja, wie Gloria war ... Nicht sehr kontaktfreudig ...»

Agnès rief Annick von Glorias Arbeitszimmer aus an. Der Anrufbeantworter der Anwältin erklärte, sie sei abwesend. In geschäftlichen Angelegenheiten rufen Sie bitte folgende Nummer an ...

«Tut mir leid», sagte die Sekretärin, «Mademoiselle Favre schläft vermutlich gerade in einer Jurte in der Nähe von Bayan Zag, dem Dinosaurier-Friedhof.»

«Wie bitte?»

«Sie besichtigt mit einer Reisegruppe die Mongolei auf den Spuren von Dschingis-Khan. Eine Reise zu Fuß und per Kamel durch die Wüste Gobi. Bis zu ihrer Rückkehr in einer Woche ist sie nicht zu erreichen.»

Was sie wieder für ein Glück hatte! Die einzige Freundin von Baptiste, von der sie wußte, trank in der Steppe der Mongolei Kamelmilch! Agnès streichelte eine Statue aus grauem Ebenholz, die eine prachtvolle Afrikanerin darstellte, deren Blick gen Himmel gewandt war. Durch das Fenster mit den kleinen Scheiben sah sie in den Garten der

Auberge, eine sonnenbeschienene Insel des Friedens, über den Tulpen leuchtete ein Forsythienstrauch. In diesem Arbeitszimmer hatte Gloria also ihre Vormittage verbracht. Jetzt war sie nichts als Asche, die sich mit der Gartenerde vermischte, kaum mehr eine weiße Spur. Agnès' Herz klopfte heftig, dann kam der Schmerz zurück, in heftigen Wellen, der Prozeß der Verarbeitung wollte kein Ende nehmen. Wie lange würde sie brauchen, um das Geschehene zu akzeptieren? Oft hatte sie Patienten bei ihrer Trauerarbeit begleitet, hatte ihnen erklärt, daß sie den Schmerz nicht abwehren durften, sondern ihn dicht an sich heranlassen mußten, um ihn zu vertiefen. Jetzt war es an ihr, diesem Leid die Stirn zu bieten, und ihr theoretisches Wissen half ihr dabei schlichtweg gar nichts. Am ersten Tag unter der Dusche hatte sie geweint. Dann nicht mehr. Die Tränen kamen nicht, sie brauchte Zeit, um den Kummer hinwegzuspülen. Sie ging hinauf in Elvis' Zimmer, aus dem das Gekreische von *Fun Radio* drang. Sie klopfte an und trat nach einem kaum vernehmbaren «ja» ein. Elvis saß über ein Heft gebeugt. Sie legte die Arme um seine Schultern und drückte einen Kuß auf seine verfilzten Zöpfchen. Wie es ihm gehen mochte?

«Morgens eher langsam und nachmittags nicht sehr schnell», erklärte er schmollend.

«Mein Häschen», meinte sie und drückte ihn fester.

Welch ein Glück, daß er saß, denn es war gar nicht so einfach, ein Häschen von 1,85 Meter zu umarmen!

Über seine Schulter hinweg las sie seine kleinen blauen Sätze: «Kafka schreibt in einem realistischen, kargen Stil, in einer klaren Sprache, die im Kontrast zu den beklemmenden Themen steht. Er scheut sich nicht, ein technisches, materialistisches Vokabular zu verwenden sowie Aufzählungen und Zusätze, die dem Text einen gleichbleibenden Rhythmus verleihen und sich von der geschwollenen Sprache des neunzehnten Jahrhunderts absetzen. Kafka gehört zu den Vätern der modernen Literatur. *Die Verwandlung* ist ein Meisterwerk des schwarzen Humors, das Alltagsleben dieser Familie, die Streitereien grenzen an eine Farce. Indem er uns das Monströse und das Lächerliche des Alltäglichen vor Augen führt, ringt uns Kafka ein gezwungenes Lachen ab ...»

Agnès' Magen zog sich zusammen, sie stieß ein bewunderndes Pfeifen aus, und Elvis befreite sich aus ihrer Umarmung. Er ließ sich nicht gerne anfassen. Das entsprach nicht mehr seinem Alter. Er sah sie niedergeschlagen an.

«Stimmt was nicht?» fragte Agnès beunruhigt.

«Es ist die Hölle, ich bin verliebt, in der Schule kann ich nicht mehr aufpassen, und abends habe ich Schmetterlinge im Bauch. Ich hoffe, das ist nur beim ersten Mal so! Oder?»

Agnès wußte nicht, was sie antworten sollte. Es war so lange her, daß ihr Herz qualvoll in der Mikrowelle der Liebe geschmort hatte. Waren die Auswirkungen noch ebenso stark, wenn man ... «erwachsen» war? Auf alle Fälle kam es weniger häufig vor. Mit der Zeit zog man das sanfte Schnurren eines Umluftherdes vor, eine Art Sonnenbad mit UVA-Schutzfaktor 30. Aus Angst vor einem Sonnenbrand handelte man sich einen Gefühlskrebs ein, da das Herz von übermäßigen Vorsichtsmaßnahmen zerfressen wurde ...

«Wir müssen zum Aikido!» erinnerte Elvis und griff nach seiner Sporttasche.

Sie fuhren mit dem Wagen nach Saint-Quentin-en-Yvelines. Es war Agnès gewesen, die Elvis in jene Kampfsportarten eingeführt hatte, die sie in Hongkong bei einem malaiischen Karatelehrer gelernt hatte. Das war ihr Geschenk für ihn gewesen, als sie vor einem Jahr in die *Auberge* eingezogen war ...

«Sag mal, weißt du eigentlich, ob deine Mutter Freunde hatte?»

«Weiß nicht.»

«Und die Familie deines Vaters?»

«Da ist nur Youssouf...»

«Er ist nach Afrika zurückgegangen, ich weiß.»

Agnès war kein begnadeter Detektiv. Sie seufzte tief.

«Hast du den Kometen von Japan aus auch gesehen?»

«Natürlich!»

«Seit fünfhundert Jahren hat man keinen so strahlenden mehr gesehen! Ich habe ihn mit meiner Mutter beobachtet, ehe sie nach Granville gefahren ist. Sie kannte sich mit den Sternen gut aus...»

«Tatsächlich?» brachte Agnès mühsam hervor, entsetzt von der Vorstellung, weder die Sterne noch ihre Schwester zu kennen.

Am Ende des Trainings beobachtete Agnès, völlig außer Atem, wie Elvis seinen Fuß an den Kopf des Lehrers schwang und ihn herumwirbelte, standfest und leichtfüßig zugleich. Der Junge verstand es, sich zu verteidigen, und zwar in jeder Hinsicht. Innerhalb eines Jahres hatte er sie in dieser Kampfkunst bei weitem übertroffen. Sie war stolz auf ihn. Dieser fast Erwachsene, zu groß und doch noch klein, ließ ihr Herz dahinschmelzen. Er hatte alle Trümpfe in der Hand, sogar den Mut, nicht zu weinen, obwohl man ihm hinterhältig Vater und Mutter genommen hatte. Sie machte ihm ein kleines Zeichen, ehe sie in den Umkleide- und Duschräumen verschwand, und wieder einmal schwor sie sich, ihn zu rächen. Das hatte er verdient.

Als sie zur *Auberge* zurückkamen, war es schwül. Über dem Himmel lag eine straff gezogene, dicke Gänsedaunendecke.

«Heute abend werden wir den Kometen nicht sehen», meinte sie.

«Das ist sowieso vorbei, der Komet ist weg.»

Agnès bedauerte es. Sie seufzte. Ein weißer Himmel, das war wirklich häßlich.

BLAU

«Die Chipkarte hättest du bestimmt nicht erfinden können», tönte Maurice, «du verstehst es nicht, das Wesentliche vom Unwesentlichen zu unterscheiden und den Überblick zu behalten, mein Junge.»

Gilles verlor sich in Einzelheiten. Er hatte in Caen gewissenhaft alle Informationen zusammengetragen. Patrick Verjots Appartement war verwüstet, der Computer gegen die Wand geschleudert, also war es unmöglich, die Festplatte zu untersuchen. Denen, die ihn liquidiert hatten, gefiel seine Prosa offensichtlich nicht. Ansonsten hatte Gilles eine Untersuchung durchgeführt, die eines gewissenhaften Jungen würdig war, doch sie vermittelte ganz den Eindruck einer Nachrichtensendung. Man bekommt eine Menge Sachen erzählt und erfährt doch nichts. Nach vierzig Minuten Gequatsche fragt man sich, «wo ist die Information?». Momo wußte, wieviel Patrick verdiente, mit wem er sich traf, welches Sandwich er am liebsten aß. Er kannte die Namen und Gesichter der Studenten, die ihm bei seinem Blatt halfen. Er hatte einige Exemplare dieser Kampfschrift mitgenommen, in der gegen Rassismus und Einwanderungsgesetze gewettert wurde. Gilles hatte zuviel *Columbo* gesehen. Übertrieben pedantisch erzählte er, wie Verjot seine Zeit verbrachte, berichtete von der Bäckersfrau, die ihn gerne mochte, und der braunhäutigen Freundin, mit der man ihn oft sah…, und davon, daß er sich eines Tages mit einem Nachbarn wegen des Mülleimers gestritten hatte. Gilles war ein guter kleiner Nachwuchspolizist, der sich beweisen wollte, aber das war überflüssig.

«Hauptkommissar Jaume in Caen ist nicht wie ein Cockerspaniel, der überall hinpinkelt, um sein Territorium zu markieren. Er wird uns auf dem laufenden halten, und er arbeitet gut.»

Das war selten! Die Jungs aus den Yvelines hingegen schienen ihren Job eher locker anzugehen. An ihre erfolglose Durchsuchung glaubte er nicht so recht. Sie hatten einige Papiere des Anwalt-Ehemanns fotokopiert. Tatsächlich war Baptiste Kadoré engagiert genug gewesen, damit ihm all jene hätten feindlich gesinnt sein können, die an der Armut Afrikas verdienten. Denn wenn es irgendwo wirklich schlecht geht, bedeutet das, daß es einigen wenigen sehr gut geht. Und der Herr Anwalt glaubte daran, daß man die Massaker beenden könnte. Er hatte gegen die Tonnen von Giftmüll gekämpft, die nach Afrika exportiert wurden – mit Zustimmung der Regierungen, denen man Wiederaufbereitungsanlagen versprochen hatte, die nie gebaut wurden –, er setzte sich für den Aufbau von Bauernhöfen als Hilfe zur Selbsthilfe ein. Doch was konnte Maurice aus all dem schließen?

«Ich werde einen kleinen Ausflug in die Yvelines machen», erklärte er. «Ich möchte mir die Schwester vorknöpfen. Sie weiß sicher mehr, als sie vorgibt…»

«Sie ist hübsch», meine Gilles mit einem vorwitzigen Lächeln.

«Keine Hintergedanken, bitte!»

Momo hatte vor allem Lust, Granville für einige Zeit zu entkommen. Dreihundert Kilometer lang Stille, das würde ihm guttun. Er fuhr schnell und rechnete die Preise an den

Autobahnzahlstellen und seinen Benzinverbrauch zusammen. Dabei träumte er von Pythagoras, der aus den Zahlen geometrische Figuren machte. 1, 3, 6 im Dreieck, 1, 4, 9 im Quadrat …

Nachdem er sich in den Pariser Vorstädten verfahren hatte, erreichte er die *Auberge bleue* später als geplant. Die Schwester empfing ihn sehr kühl.

«Ich habe beim Ministerium Auskünfte über Ihren Schwager angefordert», erklärte Momo.

«Wenn sie ihn umgebracht haben, werden sie Ihnen sicher keinen Entschuldigungsbrief schreiben!»

«Ich führe meine Untersuchung durch, ich hole Auskünfte ein … »

Sie konnte einen wirklich auf die Palme bringen, diese aufgeregte Brünette mit dem säuerlichen Tonfall und ihrer Gehässigkeit.

«Ich weiß nicht recht, was ich von dieser Haussuchung halten soll. Verstanden sich Ihre Schwester und ihr Mann gut?»

«Sehr gut!»

Dieser kleine Kläffer brauchte nicht zu wissen, daß ihre Schwester ihrem Mann nicht treu war. Das lag an den Genen: In ihrer Familie waren die Frauen nie treu gewesen. Gloria war unter dem Stern der Liebe geboren, sie hatte einen Körper, der dafür wie geschaffen war, und die Beine einer Tänzerin aus dem *Crazy Horse*. Agnès wußte nicht, wieviele Zentimeter der Abstand vom Schritt bis zu den Füßen und vom Schambein bis zum Halsansatz betragen mußte, um in dieses Ballett der geklonten Mädchen aufgenommen zu werden. Auf alle Fälle hatte Gloria das erforderliche Gardemaß gehabt. Und mit ihrem Hintern hätte sie jeden Po-Wettbewerb gewonnen. Jetzt, da sich Glorias Beine, ihr Arsch und ihre goldbraune Haut in Rauch und Asche aufgelöst hatten, die in dem Gärtchen der *Auberge bleue* verstreut worden war, konnte Agnès nicht anders, als immer wieder ihren eigenen inneren Zusammenbruch, den sie spürte, zu analysieren. Die Zerstörung dort unter ihren Rippen. Gott sei Dank brodelte in ihrer Brust – als eine Art Notausgang – ein heftiger Zorn, der sie aufrecht hielt.

«Ich werde nicht aufgeben, Kommissar. Glauben Sie bloß nicht, daß ich zulasse, daß Sie diese Geschichte unter den Teppich kehren.»

Laice seufzte, er hegte weder Zweifel an der Starrköpfigkeit dieser jungen Dame, noch an der außergewöhnlichen Persönlichkeit ihres Schwagers, und nun?

«Wenn sich tatsächlich hohe politische Stellen Ihrer Schwester entledigen wollten, hätten sie nicht gewartet, bis sie in Granville in einem Algenbad dümpelte, um ihr eine Spritze in den Arm zu jagen. Da gab es mit Sicherheit einfachere Wege! Ihre Geschichte ist nicht logisch.»

«Ach, Sie glauben also nicht, daß es die Dinge vereinfacht, wenn man jemanden in einer kleinen Provinzstadt tötet? Die örtlichen Kräfte werden nicht weit suchen und schnell von den Ereignissen überrollt, sie kennen ja nichts anderes als Verbrechen aus Leidenschaft und Abrechnungen zwischen kleinen Ganoven ... »

«Sie haben eine sehr angenehme Art, Komplimente zu machen! Davon mal abgesehen, behaupten Sie, Ihre Schwester hätte keine Freunde gehabt?»

«Das stimmt.»

Agnès erklärte, Gloria habe sich vollkommen zurückgezogen. Keine Ferien, keine Wochenenden, keine Abendessen in der Stadt... Nichts! Agnès hatte eine Klassenkameradin ausfindig gemacht, die Gloria seit über siebzehn Jahren nicht mehr gesehen hatte und nicht einmal von Elvis' Geburt wußte. Der Hausarzt hatte nichts zu sagen, seit Baptistes Tod war Gloria nur einmal wegen einer viralen Bindehautentzündung bei ihm gewesen. Das war vor drei Jahren. Jérôme, der Familienanwalt und Stammgast in der *Auberge bleue,* behauptete, sie habe ihm nichts anvertraut.

«Ich weiß, die Jungs aus den Yvelines waren bei ihm. Und ihr Vater?»

«Er war einer der führenden Köpfe der FLN. Acht Tage vor ihrer Geburt ist er verschwunden, ohne daß man je herausgefunden hätte, ob er von den Anhängern eines französischen Algerien erschossen wurde oder ob er vor der ehemaligen Krankenschwester in Indochina geflohen war, die sich anschickte, ihm eine kleine Französin in die Wiege zu legen. Das muß für Gloria ein Geheimnis geblieben sein, das ihr ständig nachging.»

«Aber Sie scheinen ja doch etwas darüber zu wissen», meinte Maurice.

«Dabei kannte ich sie eigentlich gar nicht richtig. Sieben Jahre Altersunterschied, das ist für Kinder viel. Später, als wir mit meiner Mutter und José in Seine-Saint-Denis wohnten, lebte sie in Paris. Wir haben sie nicht oft gesehen. Als sie sich mit meiner Mutter um die *Auberge* kümmerte, studierte ich in Straßburg, wo ich dann drei Jahre lang eine Praxis hatte, ehe ich für vier Jahre nach Hongkong ging. Als ich vor einem Jahr zurückkam, nahm mich der Aufbau meiner neuen Praxis ganz in Anspruch. Eigentlich haben wir nicht viel miteinander geredet...»

Maurice spürte, daß die Brünette nicht alles sagen wollte. Er sah wieder die schöne, anmutige Gloria vor sich, wie sie die Übungen der Rückenschule absolvierte...

«Kein Liebhaber, keine Beziehung, kein Doppelleben? Das kann ich kaum glauben... Sie war eine sehr schöne Frau...»

‹... die gerne exotisch bumste›, aber das brauchte er nicht zu wissen. Agnès stellte sich sein Gesicht vor, wenn sie ihm sagen würde: «Entgegen ihrem Ruf sind die Gallier schlechte Liebhaber. Sie lassen Dampf ab, das wird schnell unangenehm. Man muß die ganze Arbeit selbst machen.

Vielleicht sind sie ja nicht alle so, man darf nicht verallgemeinern, aber das ist doch eine Tendenz, eine ärgerliche Tendenz zur Faulheit.»

«Wohnen Sie dort in dem Haus mit den grünen Fensterläden?» fragte Momo, als er sie so nachdenklich sah.

«Blau, wollen Sie sagen.»

«Wie bitte?»

«Die Fensterläden sind blau!»

«Ich sehe sie grün, aber ich habe keine sonderlich gute Farbwahrnehmung ...»

«Sind Sie farbenblind?»

«Wenn Sie so wollen, könnte man sagen, daß Grün bei mir vorherrscht. Wenn ich in einem Wald bin, habe ich den Eindruck, in einem Minzesirup zu schwimmen, manchmal hat für mich sogar der Himmel die Farbe von Chlorophyll ...»

«Sie regen sich zu oft auf und lassen den Ärger nicht richtig raus. Sie sollten das Grün durch Rot ersetzen.»

Er begann zu lachen, das war das erste Mal.

«Ist es schlimm, Doktor?»

«Sollte man im Auge behalten!»

Er schien zufrieden. Sie würde ihn in die Hand bekommen, diesen Flic, und dann würde sie ihn bis zum Gehtnichtmehr benutzen. Wie einem Zwölfjährigen erklärte sie ihm:

«Das kleine Haus mit den blauen Fensterläden, denn alle Fensterläden der *Auberge* sind blau, und darum heißt sie auch *Auberge bleue*... Kurz, in diesem kleinen Haus habe ich meine Praxis und meine Wohnung, aber im Augenblick lebe ich in der Wohnung meiner Schwester, um näher bei meinem Neffen zu sein ...»

Beinahe hätte sie gesagt, um mich um ihn zu kümmern, aber das wäre falsch gewesen. Elvis brauchte niemanden. Sie hatte sich vielmehr in seiner Nähe niedergelassen, weil er ihr wieder Mut machte.

«Sie bleiben natürlich zum Abendessen. Da wir uns zwangsläufig noch öfter sehen werden, Kommissar, ist es gut, wenn wir uns besser kennenlernen.»

Maurice zögerte. Er hatte keine Lust auf ein Stelldichein mit einer Scheibe Schinken und einem Rest trockenen Baguettes in seinem Appartement in der Oberstadt. Es wäre ohnehin zu spät, um noch ins Büro zu gehen, und das war auch besser so, denn er befürchtete, daß Gilles ihm eröffnen könnte: «Wir haben eine neue Leiche am Strand gefunden, Chef…!» Und wenn es nichts Neues gab, war das ebenso schlimm. Auf der Stelle zu treten, ist schlecht für die Durchblutung.

«Ich empfehle Ihnen die Kalbsnieren in Madeira-Sauce», beharrte Agnès, «das ist eine der Spezialitäten des Hauses. Die werden Ihnen in Erinnerung bleiben, und genau das brauchen Sie!»

Von seinem Wagen aus rief Laice Gilles an. Keine neue Hiobsbotschaft war der bisherigen Bilanz hinzuzufügen. Momo konnte hoffen, die wahre Normandie wiederzufinden mit ihren roten, weißen und schwarzen Kühen, der Crème fraîche, die so fest war, daß der Löffel darin stehen blieb, und den Verkehrsunfällen, bei denen die Fahrer soviel Calvados getrunken hatten, daß allein ihr Blick das Teströhrchen zum Explodieren brachte. Kurz, Ferien!

«Wir haben eine Videokassette bekommen», erklärte Gilles belustigt, «ganz schön heftig; um die Sache auf das Wesentliche zu reduzieren, lese ich Ihnen nur den beiliegenden Brief vor, Chef: ‹In der Nacht von Samstag auf Sonntag habe ich bei Monsieur Jacques Roullet eingebrochen. Unter den entwendeten Gegenständen befand sich auch diese Videokassette. Ich denke, das dürfte Sie interessieren…›»

«Um was geht es in dem Film?»

«Pädophilie…»

«Es gibt Diebe, die denken nicht nur an Triebe! Das solltest du dir aufschreiben, wäre ein guter Refrain für ein Lied…»

Gutgelaunt ließ sich Maurice im Gastraum der *Auberge* nieder: ein großer Kamin, funkelnde Kupfertöpfe, dicke Balken, glänzende Terrakotta-Fliesen und kleine karierte Vorhänge, ganz das gute alte Frankreich, ein Dekor, nach dem die Amis lechzten. Die Mama erschien, um ihre Empfehlungen für die Zusammenstellung des Menüs zu geben, während ihr Mann sie mit verliebten Blicken betrachtete. Die *Auberge bleue* beherbergte eine verdammte Weiberdynastie! Agnès, die ein blaues Satinkleid trug, war wirklich hervorragend gebaut. Der Neffe kam guten Tag sagen. Angesichts seiner ernsten, gemessenen Miene fühlte Maurice sich unwohl, und das um so mehr, als ihm der Bordeaux, der zu den Champignon-Blätterteig-Pastetchen gereicht wurde, zu Kopf stieg.

«In der Schule alles klar?» fragte der Kommissar leutselig.

Agnès verdrehte die Augen. Dieser Trottel war wahrhaftig nie aus seinem Loch herausgekommen!

«Die Schule? Das Gymnasium, bitte schön! Und bald die Uni. Er ist in der 13. Klasse!»

Dieser Kommissar konnte wirklich nicht mit jungen Leuten umgehen. Elvis musterte ihn spöttisch und überlegen. Agnès schüttelte den Kopf:

«Er will Premierminister werden… Ich bin sicher, es wird ihm gelingen!»

Der Bengel versenkte seinen unverschämten Blick in Maurice' Augen, der nicht mehr wußte, wie er sich verhalten sollte.

«Der weiß, was er will», meinte Agnès, als Elvis ging.

«Sagen Sie, habe ich Sie recht verstanden, Ihr Vater ist auch tot?»

«Ein Autounfall, als ich noch ein kleines Kind war... In

unserer Familie werden die Männer nicht alt. Exotisch und kurzlebig...»

«Ihr Vater war auch Ausländer?»

«Der Sohn eines Oberst in Indochina, der mit einer Vietnamesin verheiratet war.»

«Ah, ich habe mir schon so etwas gedacht, diese Wangenknochen!»

Sie hatte ein dreieckiges Gesicht mit asiatischem Einschlag und hohe Wangenknochen unter den schmalen Augen.

«Dieser Herr dort ist also Ihr Stiefvater?»

«Ja, er hält sich gut. Meine Mutter ist zehn Jahre älter als er, und er hat es geschafft, die Hürde des fünfundfünfzigsten Geburtstags zu nehmen ... »

Welch eine Leistung, dachte Agnès, und dabei ist er nicht einmal gealtert, der gute José!

«Nur ein bißchen kahl», fuhr sie laut fort, «aber wie meine Mutter immer stolz erklärt: ‹Auf Vulkanen wächst kein Gras!›»

Der Kommissar lachte, und Agnès zog es das Herz zusammen. Sie scherzte mit diesem Kerl, und dabei hatten irgendwelche Schweine ihre Schwester umgebracht. Aber sie mußte *More is less* benutzen. Genießerisch fuhr ihre Zunge über die Lippen:

«Mir wäre es lieber, wenn wir uns nicht duzten, ich finde das Siezen erotischer.»

«Ich duze mich nicht so leicht», meinte Maurice und lief feuerrot an.

Er setzte ein ungezwungenes Gesicht auf und sah aus dem Fenster. Im hinteren Teil des beleuchteten Gärtchens konnte er das kleine Haus, in dem sich Agnès' Praxis befand, ausmachen: Die Fensterläden waren blau, eindeutig blau! Er mußte sich in acht nehmen. Dieses Mädchen versetzte ihn in einen eigenartigen Zustand.

ROT

Die beiden waren ein schönes Paar: sie blond wie die fahle Sonne der Normandie, sein Gesicht mit dem leichten Kupferton des Maghreb. Für einen Augenblick dachte Maurice, daß Gilles sein Sohn sein könnte. Er hätte nur mit siebzehn Vater werden müssen. Sicher, einen Deut zu früh, aber das wäre weniger blöd gewesen, als seit 37 mal 360 und ein paar Tagen allein in seiner Wäsche zu stecken. Momo hatte Tausende von Erdumdrehungen hinter sich gebracht, ohne den geringsten Satelliten in seine Umlaufbahn ziehen zu können. Er war außerstande, die Tage eines anderen zu erhellen. Gilles hatte die Einsamkeit dieses eingefleischten Junggesellen erraten: ‹Zum Einspänner verdammt, endgültig, mein Junge, ein einsamer Weißkäse, allein in seiner Molke›, hatte der Kommissar seinem Assistenten eines Tages beim Aperitif anvertraut. Daraufhin hatte Gilles ihm seine Verlobte vorstellen wollen. Ein Erste-Sahne-Törtchen, verziert mit frischen Früchten. Sie hätte gut in eine Werbung für Milchprodukte gepaßt, um zu zeigen, daß es in Frankreich auch wohlgerundete Menschen gibt, die Butter genießen, und nicht nur verlorene Gestalten, die sich Crack reinziehen.

Maurice zerdrückte einen Rest Blätterteig in der elfenbeinfarbenen Sauce des Meeresfrüchtegratins. Die kleine Verlobte war eine verdammt gute Köchin, und sie schmückte die Vasen in ihrer kleinen, in der Nähe des Hafens gelegenen Wohnung mit Blumen und die Fenster mit Spitzengardinen.

«Am 9. Juli sind Sie mein Trauzeuge, Herr Kommissar, ohne Scherz», kicherte Gilles, während er für den Käse kleine Arcopalglas-Teller auf den Tisch aus Marmorimitat stellte.

Ausnahmsweise bestellte man ihn einmal zum Zeugen, die Gelegenheit würde sich Maurice nicht entgehen lassen. Er hob sein Glas. Das hatte er nicht verdient, er war nicht immer sehr liebenswürdig und ließ Gilles nichts durchgehen, aber vielleicht gefiel ihm das ja gerade:

«Wohlsein!»

Er trank seinen Rotwein aus dem Anjou und widmete sich dem «Colonel», der, wie es sich gehörte, seinem Grad mit den drei orangefarbenen Streifen alle Ehre machte: ein Bauern-Livarot, jener Weißschimmelkäse aus der Normandie, der nach altem, lüsternen Bock riecht. So ähnlich fühlte sich auch Maurice in Gegenwart dieses jungen Paares: Er war ein einzelner alter Ziegenbock – wie diese Kerzenhalter oder Nachttische, die kein Pendant mehr haben, und deshalb bei Versteigerungen keinen großen Preis erzielen. Ihm fehlte es allzusehr an Illusionen. Schon zu lange wurde er für das Wissen bezahlt, daß es bei den Menschen hinter der Kehrseite keine Medaille gibt, und schließlich hatte er begonnen, daran zu glauben. Er konnte es nicht ändern, seine Gefühlsmaschine war ausgeschaltet: Die Erektionen waren immer weniger steif und immer kürzer, doch mit diesem Problem hatte er sich schon lange nicht mehr beschäftigt. Der letzte Besuch bei einer Prostituierten in Caen lag sechs Monate zurück. Das war schon kein Winterschlaf mehr, sondern ein verschärftes Koma!

«Glauben Sie, daß es eine Verbindung zwischen dem

Mord an Patrick Verjot und der Gloria im Thalasso-Institut gibt?»

«Ebenso sehr wie zwischen dem Horoskop in *Ouest France* und dem Dachziegel, der einem auf den Kopf fällt», meinte Maurice.

Zum Mißfallen der knackigen Schwester aus der *Auberge bleue* glaubte Maurice nicht daran, daß der Mord an Gloria von einem internationalen Komplott in Auftrag gegeben worden war. Ihm, dem kleinen Kommissar mit seinem schäbigen Büro in Granville, würde es nicht beschieden sein, einem neuen Giscard noch einmal die Geschichte mit den Diamanten anhängen zu können. Die Skandale des schwarzen Kontinents interessierten keinen Menschen mehr. Nein, es war keine mächtige Hand, die mit einem Streich einen Schwulen, der sich in einem Käseblatt für illegale Einwanderer einsetzte, sowie einen progressiven Anwalt und dessen Witwe getötet hatte. Nein, Morde waren immer viel enttäuschender: Es ging um Geld, Affekthandlungen, Eifersucht ...

«Heb nicht ab, Gilles, Western, Watergate, all diese Sachen mit den vielen W, die passieren da hinten, weit weg, auf der anderen Seite des großen Teichs. Hier gibt's nur Winter, Nebel, Glatteis, Schneemänner. Eine düstere Gegend, das Cotentin! Richtig heiß wird's hier nie.»

Doch daran glaubte Gilles nicht. Er wollte nach Caen zurückkehren, um Verjots Umgebung zu untersuchen. Irgend etwas ließ ihm keine Ruhe, etwas, das er nicht gefunden hatte und das der Sache eine Dimension geben, das Mysterium vergrößern würde.

«Eigentlich habe ich keine Argumente, Chef.»

«Nenn mich Maurice ..., oder wenn du willst auch Momo, nachdem ich dein Trauzeuge sein werde, können wir uns das ruhig erlauben. Das ‹Chef› riecht nach Vorruhestand, das ist nicht gut für meine Psyche.»

«Wenn ich recht verstehe, muß ich die Dinge auf das

Wesentliche reduzieren, Chef, ähm..., Momo... Was ich sagen will, ist, daß der Mord an Verjot nicht einfach eine banale Sache ist, die unter die Rubrik Vermischtes fällt.»

Während die üppige Stéphanie ihre *Tarte normande* anschnitt, stürzte Momo seinen Calvados in einem Zug hinunter. Die Flasche stammte aus seiner persönlichen Reserve und kam direkt von einem Schnapsbrenner in Saint-Martin-des-Besaces; beim Trinken erwärmte einem eine ganze Apfelbaumwiese den Mund und den Magen, die Knospen im März, die Blüten im April, grüne Äpfel, sauer, feucht, cremig, weich, zerfallen, schrumplige Haut, aufgeplatzte Kerne, all das mit Zucker vergoren, zu stark, zu kräftig... Momo setzte sein Glas ab und schnalzte mit der Zunge. Im Laufe der Zeit hatten Calvados und Birnenmost ihn in der Normandie heimisch werden lassen. Als Sohn eines echten Parisers vom Montmartre, der bei Renault arbeitete, und einer Mutter, die aus dem Mâcon stammte und eine Stelle in einem Eisenwarenladen in der Rue Lepic hatte, hatte er fünfundzwanzig Jahre im 18. Pariser Arrondissement gelebt, im Abesse-Viertel, wo die Schriftsteller Carco und Mac Orlan heimisch waren, gleich an der Ecke Rue Véron und Rue Aristide-Bruant. Nach neun Jahren in Granville hatte er die Normandie in sich aufgesogen. Er dachte: ‹Man ist aus einer Gegend, wenn man sie trinkt, ob man nun vom heimischen Saft abhängig ist, oder der Magen den örtlichen Nektar liebt, hausgemachter Schnaps bestimmt einen Kerl mehr als die Muttermilch...›

Am nächsten Morgen schien ihm dieser Gedanke wesentlich weniger einleuchtend, übrigens leuchtete ihm gar kein Gedanke mehr ein, sein Kopf war wie eine eingeklemmte Granate kurz vor der Explosion, Momo hatte seine Dosis überschritten. Zwei Kopfschmerztabletten und eine Kaffekanne später fühlte er sich kaum besser. Er nahm sich nicht einmal die Zeit, sein Bett zu machen, was sonst sein Prinzip war, aber in diesem Fall fühlte er sich nicht dazu in der Lage, und es tat ihm gut, seine Pflichten zu vernachlässigen. Er hatte auch seinen traditionellen geräucherten und in Cidre pochierten Schellfisch nicht gegessen, den er gewöhnlich in dem Feinkostgeschäft in der Rue de Terre-Neuve kaufte und zum Frühstück verspeiste. Auge in Auge mit der Stille der Rue de l'Écluse-Chette rauchte er ein Zigarillo, den Blick starr auf das winzige Doppelfenster seines Zimmers gerichtet, das allen Stürmen standhielt. Maurice mochte sein Refugium, das nicht größer als eine Schiffskabine war. Zwei Armlängen trennten das Bett von der Dusche und die Dusche vom Spülbecken und vom Gaskocher. Der einzige Kontakt zur Außenwelt war dieses kleine Fenster im ersten Stock, von dem aus man nicht den Himmel, sondern andere kleine Fenster sah. Dieses Appartement war genau das, was er brauchte, im Herzen der alten Befestigungsmauern der Oberstadt, im Zentrum des riesigen Ozeandampfers aus Granit, der über dem Hafen von Granville thronte. Hoch oben auf diesem felsigen Hügel fühlte er sich ein wenig wie auf dem Montmartre, inmitten der mittelalterlichen Gassen, in die weder Autos noch Licht vordrangen. Er konnte sich vorstellen, er wäre zwischen der Rue des Abesses und der Place du Tertre in der Rue Berthe, jener Straße, von der man, wenn man von der Place Émile Goudot kam, meinen konnte, sie würde ganz in der Ferne am Meer enden.

Nachdem er zwei Kannen dünnen Kaffee als Migräne-Spülung hinuntergeschüttet hatte, betrat er eine überdachte Passage, die zu den Festungsmauern führte. Dort lag plötzlich der unendliche Ozean vor ihm, der bis nach Amerika reichte, zur Linken die Bretagne, zur Rechten die Kanalinseln und in weiter Ferne, geradeaus, der große Schlund des Sankt-Lorenz-Stroms, der sich in Québec hineinfraß und bis auf den amerikanischen Kontinent vorschob ... Maurice fröstelte, all das war zu groß für ihn, wie sollte man angesichts eines solchen Schauspiels die Vorstellung vertreiben, daß man am Ende angekommen war? Er zog eine geschlossene Umgebung vor, Cafés, Gassen, Orte, an denen alles geformt und abgenutzt war. Er brauchte nicht mehr als ein Stück Trottoir, ein Eckchen Theke und nicht diesen ganzen Zirkus, der einem mit seinem Meerwasser geschwängerten feuchten und sauberen Wind ins Gesicht sprang.

Gilles war bereits im Büro. Er setzte seine ganze Ehre daran, vor ihm da zu sein, er war wirklich sehr beflissen. Erfreut reichte er ihm einen Aktendeckel:

«Die Jungs vom Jugend-Dezernat haben den Typen mit dem Video freigelassen. Sie haben uns einen kleinen Bericht für unsere Unterlagen gefaxt, damit wir was zum Abheften haben. Ein Täßchen Kaffee, Momo?»

Aha, er hatte sich also daran gewöhnt, adieu Chef!

«Euer Essen gestern abend war ausgezeichnet, vielen Dank! Deine Kleine ist große Klasse, mein Junge, manche haben eben Glück!»

In seinem Büro blätterte er mechanisch den vierseitigen Bericht durch und überflog einige Sätze: Jacques Roullet, 53 Jahre, Angestellter bei der Bank *Société Générale* in Granville, geschieden, zweiundzwanzigjähriger Sohn in Jugoslawien getötet, seine Frau betrieb drei Jahre lang eine Videothek in Coutances... Offenbar hatte er die Kassette nie angesehen, ein einsamer Kerl, der sich bisher nichts hatte zuschulden kommen lassen... Akte ablegen für den Fall einer erneuten Auffälligkeit... Untersuchung wird bei der Frau fortgesetzt, die die Gegend verlassen hat, bei den Produzenten der Kassette und beim Vertrieb etc. Nichts Konkretes! Maurice räumte die Akte in die Schublade «Diverses».

«Ich muß Sie sprechen, Herr Kommissar.»

Maurice betrachtete den Besucher, der auf einem Stuhl im Gang wartete. Es war der Vater von Verjot, der zusammengesunken, mit dem Blick eines geprügelten Hundes dasaß. Er begrüßte ihn. Gilles brachte zwei Kaffee.

«Ich würde lieber unter vier Augen mit Ihnen sprechen, Herr Kommissar», flüsterte Verjot flehend.

Maurice machte Gilles ein Zeichen und nahm seinen Kaffee. Gilles seufzte, der Fall Verjot war in erster Linie seine Sache, und er hätte gerne Bescheid gewußt.

«Folgen Sie mir», sagte Maurice zu dem Mann und sah Gilles mit hochgezogenen Augenbrauen an, so als wollte er sagen: «Keine Sperenzchen!»

Als der Alte vor seinem Schreibtisch saß, wußte er nicht mehr, wie er anfangen sollte.

«Ich höre, Monsieur Verjot.»

«Nun, gestern abend haben meine Frau und ich Besuch bekommen. Wir haben einen guten Teil der Nacht darüber geredet und schließlich beschlossen, daß ich Ihnen Bescheid sage. Aber ich hoffe auf Ihre Diskretion.»

«Besuch?»

«Von einer Iranerin, sie ist Anfang zwanzig, eine Freundin von Patrick, besser gesagt, *seine* Freundin. Ich habe Ihnen neulich gesagt, daß es mein Sohn nicht mit Mädchen hatte, aber mit ihr ...»

Maurice erinnerte sich vage, daß Gilles von einer braunhäutigen Freundin gesprochen hatte, die häufig mit Verjot unterwegs war ...

«Haben sie miteinander geschlafen?»

«Sie erwartet ein Kind von ihm! Sie war völlig fertig und klapperte mit den Zähnen. ‹Sie haben ihn getötet›, hat sie gesagt, ‹ich muß mich verstecken›. Aber mehr haben wir nicht in Erfahrung bringen können. Herr Kommissar, meine Frau und ich wollen, daß sie bei uns bleibt. Sie hat Patricks Kind im Bauch. Sie hat keine Papiere. Ich bin gekommen, um Ihnen das zu sagen, damit sie Ihnen hilft, die Mörder meines Sohnes zu finden, aber Sie dürfen sie nicht verhaften. Wir wollen sie adoptieren. Das Kind wird hier geboren, es hat das Recht, bei uns zu bleiben. Meine Frau freut sich so sehr, sie hat diese Sachen mit den Jungs nie verwinden können ... Sie dachte, wir würden nie Enkelkinder haben ..., und jetzt plötzlich, völlig unverhofft, verstehen Sie ... Ich möchte, daß Sie kommen und mit ihr reden ...»

«Ist sie immer noch bei Ihnen?»

«Sie hat in Patricks Zimmer geschlafen. Wir haben ihr ein Schlafmittel gegeben. Sie war fix und fertig!»

Der Kommissar erklärte, er könne diesen Besuch nicht ohne seinen jungen Assistenten machen, der den Fall von Anfang an betreut hatte. Der Alte bat erneut um Diskretion. Momo dachte, daß das eigentlich nicht zu den Eigenschaften eines Polizisten zählte.

«Letztlich war Verjot Feuer und Flamme, total verliebt in ein Mädchen, die ihn die Herrlichkeiten des schwachen Geschlechts entdecken ließ», erklärte der Kommissar Gilles, als sie in ihrem Peugot 205 Verjots 2CV auf der Uferstraße in Richtung Süden folgten.

Er zündete sich ein Zigarillo an. Die Migräne hämmerte noch immer in seinem Schädel und durchbohrte ihm die Schläfen. Schnaps müßte eigentlich für jene verboten sein, die sich nur mit der Biographie von Toten beschäftigen. Auf der Küstenhochstraße wären sie beinahe mit einem weißen Lieferwagen zusammengestoßen, der ihnen in vollem Tempo entgegenkam. Das hätte gerade noch gefehlt, aber der Typ hielt freundlicherweise am Straßenrand, um sie vorbeizulassen. Der Fahrer grüßte mit einem Handzeichen. Wenn man sich einem Polizisten gegenübersieht, erinnert man sich manchmal ganz schnell an die Regeln der Höflichkeit.

«Ich wußte, daß mir etwas fehlte. Dieses Mädchen hätte ich in jedem Fall gefunden», überlegte Gilles laut.

Als sie in der Nähe der Siedlung, in der die Verjots wohnten, hinter dem trostlosen Erdhaufen hielten, der den Blick auf das Meer versperrte, überkam Maurice plötzlich eine Traurigkeit. Man mußte wirklich Scheiße wollen, um etwas so Mordshäßliches zu machen. Aber das war nicht wirklich häßlich, wirklich häßlich war der Anblick von Mutter Verjot, die mit ihrer karierten Schürze reglos auf dem gefliesten Küchenboden lag, zwischen dem Resopaltisch und dem eingebauten Backofen, den Kopf an den Brotschrank gelehnt. Gilles und Verjot stürzten gleichzeitig zu der alten Frau, ihr Tergal-Rock war naßgepinkelt, und sie hatte Galle auf ihre wattierte Jacke erbrochen. Gilles tätschelte ihr die Wangen. Sie atmete, sie war nur ohnmächtig! Momo lief zu Patricks Zimmer, wo die junge Frau auf der Liege schlafen sollte. Er sah zunächst die Blutlache und die Füße, die unter der geblümten Bettdecke hervorlukten, dann auf dem weißen Nachthemd, das den Körper kaum verhüllte, zwei große, frische Blutflecken, der eine in der Höhe des Herzens, der andere zwischen den Beinen. Maurice erreichte das Klo nicht mehr, er erbrach den Alkohol von vergammelten Äpfeln auf die Fliesen des Badezimmers. Nichts war ihm mehr so nahegegangen, seit jenem Tag, da er ein Herrenhaus oben auf der Steilküste betreten hat, wo ein siebzehnjähriger Bengel seine Eltern und Brüder mit einem elektrischen Messer ermordet hatte, weil sie angeblich keine Familie wie alle anderen waren. Der Tod, das ging noch, aber Blut, das konnte Maurice nicht ertragen, diesen ekelhaften, schalen Geruch des Blutes, den, den er mit acht Jahren wahrgenommen hatte, als sein Großvater mit einem furchtbaren Gurgeln gestorben war und dabei den letzten roten Schluck seines Lungenkrebses ausgespuckt hatte, er, der nie einen einzigen Zug geraucht hatte!

Wie in einem Alptraum aus unzähligen, rasch wechselnden Bildern sah Maurice die Sanitäter die noch immer bewußtlose, alte Madame Verjot wegbringen und später wie in Zeitlupe Tiberghen, der seinen flammenden Schopf über das junge Opfer ohne Leben und ohne Papiere beugte.

«Sie ist beschnitten worden, Klitoris, kleine und große

Schamlippen mit dem Messer herausgeschnitten, vollendet mit einem Stich mitten ins Herz», erklärte er, während er sich zu Maurice umwandte.

«Ich habe es Ihnen ja gesagt», meinte Gilles nach Luft ringend..., «eine üble Geschichte.»

Maurice kochte vor echtem Zorn, Tiberghen hatte rotes Haar, die Farbenblindheit des Kommissars war verschwunden.

«Gilles, ruf Jaume an, ich will einen vollständigen Bericht über dieses Mädchen, was sie mit Verjot getrieben hat, von der Farbe ihrer Schlafzimmertapete bis zur Marke ihrer Zahnpasta!»

Er dachte kurz an die üppige Agnès, vielleicht hatte sie ja recht. Eine üble Geschichte. Auf alle Fälle sah er diesmal rot.

KHAKI

«Ich bin Glorias Schwester. Sie ist ermordet worden. Ich muß Sie treffen.»

Das darauffolgende Schweigen verblüffte Agnès. Nicht die geringste Bemerkung, keine Frage, kein Einwand, nur diese natürliche Pause, die sie nicht zu unterbrechen wagte, da sie nicht wußte, ob diese Mitteilung Nouredine Naoud in Trauer oder Angst versetzte, und die Stille dauerte an, sie hörte nicht einmal mehr seinen Atem.

«Hallo?»

Nach unendlich langer Zeit brachte er ein gespenstisches «Ja» hervor. Agnès versuchte, sich dieses schweigende Gesicht vorzustellen, sich das in Glorias Unterlagen gefundene Foto in Erinnerung zu rufen, den orientalischen Blick, den dunkelbraunen Teint, das Gesicht, das durch die tiefen Falten schöner wurde. Ja, er schien zu jenen Männern zu gehören, denen das Alter schmeichelte.

«Ich muß unbedingt mit Ihnen reden!»

Nouredine Naoud willigte in ein Treffen ein, ohne Fragen zu stellen.

Als Agnès an der Station Cité universitaire aus der Schnellbahn, dem RER, stieg, verwandelte sich ihre Ungeduld, jemanden zu treffen, der Gloria gekannt hatte, in eine nicht zu unterdrückende Angst. Vielleicht würde sie einer finsteren Gestalt gegenüberstehen, die in den Mord an Gloria verwickelt war. Der Angehörige der ägyptischen Botschaft könnte ein Messer aus seinem Trenchcoat hervorziehen, sie unter den Linden des Parks Montsouris abstechen und erklären: «Das wäre Nummer drei, eine hartnäckige Familie!» Nein, sie würde einen Verbündeten finden, wenigstens einen, daran mußte sie fest glauben!

Als sie in die Allee des Parks Montsouris einbog, sah Agnès ihn sofort. Er trug einen großen khakifarbenen Regenmantel, alles fing an wie in ihrem schlimmsten Alptraum: ein Typ, der wortlos eine Knarre aus seinem Trenchcoat zieht. Aber nein, er sah sie nicht einmal an. Im übrigen war sie enttäuscht, er hatte nicht die stattliche Erscheinung, die sie von einem Diplomaten erwartete. Er war viel kleiner, als sie ihn sich vorgestellt hatte. Sie hatte Omar Sharif erwartet und traf nun auf einen alten, traurigen und düsteren Herrn. Erloschen. Sie streckte ihm die Hand entgegen, die er kaum streifte. Sie wußte noch immer nicht, ob sein Schweigen bedrohlich oder Ausdruck seines Kummers war. Sie setzte sich auf die Bank an der Akazienallee, ihre Knie zitterten. Schweigend gesellte er sich zu ihr, und dann erklärte sie, ohne ihn anzusehen: Granville, das Algenbad, die Barbituratspritze, der kleine überforderte Kommissar, der verdächtige Tod von Baptiste und ihr vehementer Wunsch, Licht in die Angelegenheit zu bringen.

«Wenn ich Ihnen behilflich sein kann… Ich bin einverstanden.»

«Was wissen Sie?»

«Ich liebte Gloria, das ist alles. Eigentlich müßte ich eher sagen, ich liebe Gloria.»

Agnès glaubte ihm, und ihr Herz krampfte sich zusammen. Er war alt, eingefallen, zerstört, in seinen Augen schimmerten Tränen.

«Ich habe Gloria seit dem 6. September 1994 nicht mehr gesehen...»

«Der Tag, an dem Baptiste starb?»

Er nickte zögernd, dann begann er mit tonloser Stimme auszupacken:

«Ich habe Gloria vierzehn Tage nach meiner Hochzeit getroffen, ich kam gerade von der Hochzeitsreise zurück. Wir haben uns auf der Stelle ineinander verliebt, bei einem albernen, mondänen Cocktail-Empfang, den sie mit ihrem Mann und ich ohne meine Frau besuchte. Wir wußten sofort, daß unsere Liebe zum Scheitern verurteilt war, aber wir hatten keine Wahl. Fünf Jahre lang haben wir jeden Tag miteinander gesprochen, uns heimlich getroffen, nichts anderes existierte mehr, meine Arbeit nicht, nicht einmal die Geburt meiner beiden Kinder. Meine Frau und Baptiste haben nie etwas erfahren, das nehme ich zumindest an.»

Agnès schwieg, doch sie dachte sich ihren Teil. Fünf Jahre, das war zu lang, als daß der Partner keinen Verdacht hegte. Oder aber der andere mußte einem so gleichgültig sein wie die philosophischen Betrachtungen von Johnny Hallydays neuester Verlobter! Eine Frau spürt solche Dinge auf alle Fälle! Was Baptiste anging…

«Baptiste war so sehr von seiner Arbeit in Anspruch genommen», fuhr der Diplomat fort, als habe er ihre Gedanken gelesen, «daß er, glaube ich, blind für alles andere war. Nach seinem Tod hat Gloria mir gesagt, daß wir uns nicht mehr wiedersehen werden. Ich habe diese Form des Selbstmords akzeptiert, denn sowohl für sie als auch für mich war es Selbstmord.»

Diese Liebe war also die Perle gewesen, die Gloria in ihrer Muschel des Schweigens züchtete?

«Sechs Monate später hat meine Frau mich verlassen.»

Agnès nickte. Sie war schon recht geduldig gewesen, die Gute, sie mußte ihren Orientalen sehr geliebt haben. Zweifellos mußte er ein wirklich schöner Mann gewesen sein.

«Ich war so deprimiert, daß es wohl unmöglich war, mit

mir zu leben. Der Verzicht auf Gloria beherrschte alles, mehr noch als Gloria selbst zu der Zeit, als wir uns unsere Heimlichkeit gestatteten.»

‹Sich Heimlichkeit gestatten›, er übertrieb, dieser Kerl mit seinem Hieroglyphen-Französisch!

«Ich habe mich scheiden lassen, und meine Frau hat ihren früheren Verlobten geheiratet, den sie meinetwegen verlassen hatte – er wartete nur darauf. Meine Kinder sehe ich jedes zweite Wochenende und die Hälfte der Schulferien.»

Er sagte das in einem Ton wie jemand, der seit zwanzig Jahren im Knast sitzt und zu Weihnachten und zum Geburtstag ein kleines Päckchen bekommt ...

«Mehr als einmal habe ich Gloria geschrieben, daß ich sie gerne wiedersehen wollte.»

Agnès hatte diese Briefe gelesen: «... jetzt, da wir frei sind, können wir uns in aller Öffentlichkeit zu unserer Liebe bekennen. Ich möchte, daß du meine Frau wirst ...» Natürlich konnte Glorias Liebhaber Baptistes Mörder sein! Diese Idee sprang sie plötzlich an wie eine wütende Katze. Warum hatte sie nie daran gedacht? Sie dachte an den kleinen Vollidioten aus Granville, der Gloria unbedingt ein Doppelleben anhängen wollte, weil er sie zu schön fand, um treu zu sein. Trotz seiner Kurzsichtigkeit und seiner farbenblinden Neuronen hatte er das richtig erkannt. Aber durch die Unterschlagung der Liebesbriefe hatte Agnès den Zugang zu dieser Fährte versperrt. Sie hatte die Flics daran gehindert, einen Verdächtigen zu vernehmen. Ihre Kehle war plötzlich trocken. Immer mußte sie ihre Nase in alle möglichen Sachen stecken, und das war nur selten von Erfolg gekrönt. Mein Gott, war sie starrköpfig!

«Sie hat mir nie geantwortet», flüsterte der Ägypter.

Warum hatte Gloria auf Nouredine verzichtet? Weil es schwieriger war, einen toten Baptiste zu betrügen als einen lebendigen? Weil sie sich schuldig fühlte, ihn nicht beschützt zu haben? Weil sie Elvis keinen neuen Vater vorsetzen wollte? Welchen Pakt hatte sie geschlossen, welches Versprechen wollte sie halten?

«Ich habe die Hoffnung nie aufgegeben, daß wir später wieder zusammenfinden würden, daß wir ein Recht auf ein bißchen Leben hätten, bis zu Ihrem Anruf gestern… Ich war einen Monat auf Dienstreise in China ohne die Todesanzeigen in *Le Monde*.»

Agnès bedauerte, daß *More is less* nicht da war. Für Gloria hatte Nouredine ein Alibi: Ein Hin- und Rückflug Granville–Shanghai, das war nachprüfbar! Aber für Baptiste? Sie schwieg. Sie wußte nicht mehr, was sie denken sollte. Sie konzentrierte ihre Aufmerksamkeit auf einen blühenden Pflaumenbaum im Unterholz des Parks, der Himmel schien ihr plötzlich zu groß.

«Haben Sie damals daran gedacht, daß es sich beim Unfall von Baptiste um Mord handeln könnte?» brachte sie schließlich hervor.

«Ja», sagte er nach kurzem Zögern.

«Und Gloria?»

«Gloria wußte, daß Baptiste sein Leben ständig aufs Spiel setzte. Er spielte mit dem Feuer, sie zitterte um ihn… Wie gerne hätte ich nichts von ihrem Tod erfahren, um mir die Hoffnung zu bewahren…»

Seine Stimme brach, Tränen rannen über seine dunklen Wangen:

«Wenn ich irgend etwas tun kann, so bin ich dazu bereit», nahm er seine anfänglichen Worte wieder auf.

Als sie sich unter den Akazienbäumen die Hand schüttelten, gelang es Agnès nicht, seinen ausdruckslosen Blick aufzufangen, der ins Nichts gerichtet war, seit Gloria von ihm verlangt hatte, auf ihren gemeinsamen Untergang zu verzichten.

Im RER spürte Agnès, daß sie Nouredines Beklemmung mit sich genommen hatte. Sie lastete auf ihrer Brust wie ein großes Postpaket. Jahrelang war Nouredine für Gloria eine Art Sekte gewesen, nur für sie allein Ron Hubbard und seine ganze Scientology-Industrie. Ein Gefängnis, von dem der Tod sie befreit hatte.

In der Praxis hatten sich auf Agnès' Anrufbeantworter zahlreiche Nachrichten ihrer Patienten angesammelt. Sie hatte die Termine dieses Tages verlegt und ihre Praxis geschlossen. Jetzt bestürmte sie ein ganzer Schwarm von kleinen Nöten, ängstlichen oder flehenden Stimmen: die Mutter des magersüchtigen Mädchens, die geschlagene Frau ... Kein Fünkchen Licht, um ihre Verzweiflung aufzuhellen. Sie zwang sich zu dem Gedanken, daß Gloria das Glück gehabt hatte, diese wahnsinnige Liebe zu erleben, deren Geheimnis jetzt ihre Asche begleitete.

Es war schon dunkel, als sie in ein warmes Bad eintauchte, um sich zu entspannen, nachzudenken: Baptiste, Nouredine, Granville, in diesem absurden Parcours eine Frage zu finden, die sie noch nicht formuliert hatte. Gegen 23 Uhr erschien ihre Mutter, aufgelöst und mit angstverzerrtem Gesicht:

«Elvis ist nicht nach Hause gekommen!»

Ein heftiger Schrecken durchzuckte Agnès. Seit Glorias Tod war die Vorstellung, dem Jungen könnte etwas passieren, ihre schlimmste Angst gewesen. Sie mobilisierte all ihre Kräfte, um die Panik zu unterdrücken. Elvis würde bei einem Freund sein. Das war in seinem Alter normal, mit sechzehn Jahren war das schließlich sein gutes Recht. Sie sprang aus dem Wasser und hüllte sich, noch ganz mit Schaum bedeckt, in einen Bademantel. Badewannen brachten den Mitgliedern dieser Familie offenbar kein Glück.

«Ich habe seine Freunde angerufen, er ist nirgendwo», stammelte ihre Mutter, «wir müssen die Polizei verständigen ...»

«Die Polizei unternimmt erst nach vierundzwanzig Stunden etwas. Sie können nicht jedesmal ausrücken, wenn ein Jugendlicher nachts nicht nach Hause kommt...»

Die Mutter brach in Tränen aus. Agnès nahm sie in die Arme:

«Beruhige dich, Mama, ich gehe morgen zu seiner Schule. Ich glaube, er ist mehr oder weniger verliebt. Mach dir keine Sorgen!»

Sie selbst glaubte daran, sie fühlte sich seltsam ruhig, nur ein kleiner, dumpfer Schmerz im Plexus. Sie begleitete ihre Mutter zurück zur *Auberge*, machte ihr einen Kräutertee und vertraute sie Josés Obhut an, aus dessen kleinem, gequälten Portugiesengesicht die *Saudade* sprach. Zurück in Glorias Zimmer, schlief sie wie ein Stein, von einer traumlosen Dunkelheit verschlungen.

Erst am nächsten Tag, gegen Ende des Vormittags, nachdem sie Elvis' Schule aufgesucht und die Französischlehrerin die Schüler seiner Klasse befragt hatte, überkam Agnès die Angst. Seit gestern nachmittag hatte niemand den Jungen gesehen. Morgens war er offenbar in Hochform gewesen. Er trug seine khakifarbene amerikanische Armeejacke.

«Morgen muß er sein Referat über Kafkas *Verwandlung* halten, ich bin sicher, er wird da sein», meinte die Französischlehrerin.

Ab 18 Uhr wartete Agnès in der *Auberge* auf ihn. Er kam nicht. Sie meldete sein Verschwinden bei der Polizei. Name, Vorname, Umstände des... Sie hatten es mit so vielen verschiedenen Kindern zu tun, manche verschwanden drei, vier Tage, weil sie eine schlechte Note eingefangen hatten, oder weil sie sich nicht mehr anschnauzen lassen wollten. Sie brüllte, er habe nie schlechte Noten und verdiene es nicht, daß man ihn anschnauze!

Als sie gegen 20.30 Uhr nach Hause kam, dröhnte in Elvis' Zimmer die tiefe Stimme des Sängers der *Red Hot Chili Peppers*. Er war wieder da! Agnès stürmte hinein und fand José, der mit tränenüberströmtem Gesicht auf dem Bett saß.

«Also, die Männer in dieser Familie ...»

Und er brach in Schluchzen aus. Er hatte es satt, der einzige Mann in der Familie zu sein, der durchhielt.

«Wenn sie ihm etwas angetan haben, schmeiße ich eine Bombe in den Elysée.»

Dann ging er wieder zu seiner Frau, die in der *Auberge* saß und heulte. Agnès blieb im Zimmer des Jungen, nahm seine Platten und seine Fotos in die Hand. In einem Ordner fand sie sein Referat über *Die Verwandlung* und las auf der Suche nach einem Hinweis einige Sätze: «... dieser unverstandene Mensch, der sich nicht ausdrücken kann, der seine Andersartigkeit spürt und darunter leidet, der keinerlei Einfluß auf seine körperliche Veränderung hat und Mühe, seinen Platz in der Familie zu finden und geliebt zu werden, hat viel ‹Ähnlichkeit› mit einem Jugendlichen mitten in der Pubertät. Das ist einer der Aspekte, die diesem Buch seine universelle Bedeutung verleihen, da jedes Individuum diese schmerzliche Phase des Heranwachsens durchlaufen hat ... Diese alptraumartige Fabel erinnert auch an die jahrhundertelange Judenverfolgung und erscheint heute wie eine Warnung und eine Vorahnung des grauenvollen Holocaust, zu dem es zwei Jahrzehnte später kommen sollte ...»

Agnès war platt und stellte sich vor, wie Elvis seiner Klasse von Kafka erzählte, als ihr Handy läutete. Außer sich vor Freude, meldete sie sich. Es war Nouredine Naoud:

«Ich bin Mitglied des Verwaltungsrats der Monatszeitschrift *Avenirs africains*. Wenn Sie Informationen über die Arbeit von Baptiste suchen, steht Ihnen das Archiv zur Verfügung.»

«Elvis ist verschwunden», flüsterte Agnès.

Er schien sie nicht zu hören:

«Rufen Sie mich an, wenn Sie das Archiv konsultieren möchten ...»

Agnès schlief mit dem Handy in der Hand in Elvis Zimmer auf dem Fußboden. Schlafen ist zuviel gesagt. Auf dem Radiowecker sah sie, wie die Stunden verstrichen: Elvis war entführt worden, während oben am Himmel langsam der Komet erlosch und seine Bahn fortsetzte, um in über viertausend Jahren wieder zu erscheinen. Sie stellte sich vor, wie Elvis' Foto in allen Polizeirevieren Frankreichs aushing, mit seinen Dreadlocks und seiner khakifarbenen Jacke, die dieselbe Farbe wie Nouredine Naouds Regenmantel hatte. Ein eigenartiger Start für einen künftigen Premierminister. Sie dachte an sein Liebesleid, die Schmetterlinge im Bauch und die Vögel im Kopf. Sie würde alle Mädchen des Gymnasiums befragen, wenn es sein mußte, alle Mädchen des Departements Yvelines.

Um 9 Uhr rief sie im Gymnasium an, wo Elvis nicht erschienen war, dann erreichte sie Kommissar Laice in Granville. Der mimte den die Ruhe bewahrenden Papa angesichts der Krise eines Jugendlichen und gab Unsinn à la Françoise Dolto von sich. Sie fiel brüllend über ihn her:

«Ich rufe Sie nicht an, damit Sie mir denselben Quatsch erzählen wie der andere Blödmann auf dem Kommissariat! Wollen Sie warten, bis wir alle tot sind, ehe Sie ihren Arsch hochkriegen?»

GELB

Der Rumpf des Küstenwachboots schlug alle anderthalb Sekunden auf die harte, glatte Wasseroberfläche auf. Maurice zwang sich, die Linie zu fixieren, an der die große Suppe in den gelben Himmel überging, doch in seinem Inneren bildeten sich Wellen, ein wahrer Sturm, der sich in eine Übelkeit auflöste, die bis in seine Kehle drang. Gilles reichte ihm eine Banane:

«Hier, Maurice, wenn man seekrank ist, muß man essen, etwas zu sich nehmen, das im Körper bleibt.»

Momo hatte nicht die geringste Lust, irgend etwas in sich hineinzustopfen, was es auch sei. Es drohte, ihm hochzukommen, ihm war schwindelig, und Bilder von Essen überfielen ihn. Eiskalter Schweiß rann ihm den Rücken hinab, seine Eingeweide verhandelten über die Scheidung, die wirkliche. Er würde seine Seele erbrechen, sich selbst auskotzen..., ein gräßliches Gluckern öffnete seine Kehle, kam über seine Lippen und rann über Bord. Jetzt war es ausgenommen, das Huhn. Gilles reichte ihm ein Papiertaschentuch, das bescheuerte Boot hüpfte weiter über das Meer. Maurice kam langsam wieder zu Atem, seine Lider schienen mit Blei beschwert und die Eingeweide schaukelten in seinem Bauch hin und her.

Er hatte das Pech, daß die Inselgruppe von Chausey, die

fünfzig Bootsminuten entfernt lag, zum Revier von Granville gehörte. Glücklicherweise mußte er nicht oft nach Chausey, zwei-, dreimal im Jahr, nicht öfter. Dort war selten etwas los. Es hatte den Selbstmord eines Dänen gegeben, den der Schwindel der großen Weite erfaßt hatte, ein anderes Mal eine Prügelei zwischen zwei Sportseglern, die übel ausging. Diesmal war am Vortag ein Typ auf dem Landungssteg verletzt worden. Zwei Messerstiche. Im Krankenhaus von Granville, wo der Verletzte von einem Chausey-Fischer eingeliefert worden war, hatte Maurice nichts in Erfahrung bringen können: Der Fischer war schon weg, und der Mann war im OP, wo man an seiner Leber und seinem Magen herumschnipselte. Dem Krankenhaus war nicht einmal die Identität des Verletzten bekannt... Solche Vorfälle, die unter die Rubrik Vermischtes fielen, kamen unter den fünfundzwanzig Einwohnern von Chausey nur selten vor. Im allgemeinen gab es auf diesem Puppen-Archipel nur kleine Geschichten wie Schmuggelgeschäfte mit den nahegelegenen Kanalinseln, oder Schiffe, die nicht den Sicherheitsnormen entsprachen und im Hafen der großen Insel vor Anker gingen: Chausey war also eher die Domäne von Maurice' Erzfeind Périni, einem eingebildeten Kerl von der Grenzpolizei, der sich nicht für das hielt, was er war: ein kleiner Furz! Als er an diesen Idioten dachte, spürte Momo wieder Übelkeit, die aus seinen Gedärmen aufstieg, nein, nur eine Luftblase, sein Kopf war noch benebelt, die Augen brannten, und kalte Schauer liefen ihm über den Rücken.

Immer wieder ging ihm der Bericht von Hauptkommissar Jaume durch den Kopf, den er an diesem Morgen bekommen hatte: Die junge Schwangere, die Momo gefunden hatte, beschnitten, mit aufgeschlitztem Hals im Häuschen der Eltern Verjot, hieß Djamila Berkha, 23 Jahre. 1992 illegal nach Frankreich gekommen, nachdem ihr Vater in den dunklen Wirren der iranischen «Revolution» hingerichtet worden war. Sie lebte von kleinen Übersetzungen iranischer Poeten, hatte Verjot im Studentenmilieu von Caen kennengelernt, half Verjot bei der Redaktion, bei der Herstellung und Verbreitung seines linken Blattes, wohnte inkognito bei ihm, versteckte sich, ohne Wellen zu schlagen…

Apropos Wellen, es schwankte noch immer heftig, sie fuhren gerade an der Boje von Videcocq vorbei, die sich auf halbem Weg zwischen Granville und Chausey befand, also noch gut zwanzig Minuten Fahrt, die Hölle! Momo hatte den Eindruck, sich in einer schlechten Sternenkonstellation zu befinden. Verjot, die Iranerin, Gloria… und jetzt noch der verschwundene Sohn… Was für ein Schlamassel!

«Momo, sind Sie sicher, daß Sie nicht doch eine Banane wollen? Es scheint Ihnen besser zu gehen, aber Sie müssen ja einen Riesenhunger haben!»

«Lieber einen Riesenhunger als zuviel im Bauch, mein Junge», meinte Maurice mit belegter Stimme, «und jetzt laß mich in Ruhe mit deiner Banane, friß sie und basta.»

Er war wirklich ein Starrkopf, dieser Junge! Er fiel einem auf den Wecker mit seiner fürsorglichen Art. Immer wollte er, daß es allen gutgeht.

Maurice machte die ersten «Kieselsteine» von Chausey aus, erkennbar am Wasser, das drumherum brodelte und hochspritzte. Steine gab es eine ganze Menge auf dieser Landzunge des europäischen Kontinents, die, lange vor Asterix' Geburt, im Laufe eines Kampfes zwischen der Erdkruste und dem Magma abgebrochen war. Seither erinnerten die Granitbrocken an das riesige Gebiß eines gestrandeten Ungeheuers, zum Schrecken der Seeleute und zur Freude der Gezeiten, die hier alle Rekorde bei der Mergelung brachen. Bei Flut waren es mehr als fünfzig Inseln, fast ebenso viele, wie das Jahr Wochen zählt, bei Ebbe dreihundertsechzig, ebenso viele Tage wie eine Umlaufzeit um die Sonne. Innerhalb weniger Stunden fühlte man sich von der Bretagne in die Sahara versetzt.

Angesichts der ersten Streifen Land fühlte Maurice sich auf wundersame Weise besser, selbst der Himmel schien ihm weniger gelb, vielleicht hatte auch der seine Galle geleert! Endlich näherten sie sich dem «Boden der Kühe», aber das war nur eine Redensart, denn seit Anfang der 90er Jahre, als der letzte Bauernhof gleichzeitig mit seinem Bauern in Rente gegangen war, gab es auf den Chausey-Inseln keine Kühe mehr. Er erkannte die ersten winzigen weißen Häuser, die an Granitfelsen mit Pailletten aus goldenem Ginster hingen. Das Wetter war fast schön, und die Sonne malte gelbe Flecken auf das Unterholz.

Maurice schwankte noch, als er den Fuß auf das alte Holz des vom Meer angenagten Landungsstegs setzte. Vom Ponton aus, wo im Sommer die Ausflugsschiffe die Touristen abluden, die kamen, um mit ihren Bierdosen und ihrem Abfallpapier diese mitten ins Meer geworfene Wüste zu verschmutzen, wand sich ein steiler Pfad durch ein Puppendekor hinauf: kleine Hütten, Fischernetze, alte Holzkisten. Maurice atmete tief durch, er war entschlossen, die Dinge von der guten Seite zu sehen, und die gibt es immer, selbst im schlimmsten Fall.

Gilles umarmte einen jungen Blondschopf mit wässrigen Augen.

«Lionel, der Cousin meiner Verlobten, Kommissar Laice ...»

Er war niedlich, der Cousin, und ganz aufgeregt bei diesem außergewöhnlichen Besuch. Man muß dazu sagen, daß das Leben auf Chausey nicht gerade aufregend ist. Selbst wenn die Gezeiten zweimal am Tag ihr Schauspiel geben, für einen unter zwanzig ist hier nichts los.

Nachdem Maurice im einzigen Hotel-Bar-Restaurant des Ortes sein Sandwich und eine Tasse Kaffee mit einem Schuß Calvados zu sich genommen hatte, erwachten seine

Lebensgeister wieder. Der Angriff auf den Typen hatte sich am Vorabend gegen neun Uhr bei Ebbe am Sockel des Pontons zugetragen, und hätte ihn nicht ein Fischer vor der Flut gefunden, hätte der Kerl freundlicherweise Hummern und Makrelen als Futter gedient. Der Wirt behauptete, man habe einen etwa zwanzigjährigen Mann in der Nähe des Leuchtturms weglaufen sehen, der am späten Nachmittag zusammen mit dem Verletzten ein Glas bei ihm getrunken habe.

«Ich dachte, es wären Sportsegler oder Touristen, die für einen Tag mit dem Ausflugsschiff gekommen waren.»

«Ich glaube, ich weiß, in welcher Ecke er sich versteckt hält», flüsterte Lionel, als sich der Wirt entfernte. «Ein kleiner Junge hat ihn gesehen. Wenn Sie wollen, führe ich Sie hin ...»

Gilles und Momo folgten Lionel auf dem Weg, der längs über die Insel führte, und kamen an dem Haus von Marin Marie vorbei, jenem Maler, der, wie sein Name verriet, mit der Spachtel maritime Motive malte. Ein schwacher Wind fuhr über das Heideland, das in leuchtenden Farben blühte, es duftete nach Honig und Meer, eine Mischung von salzig und süß, die einen mit dem Leben versöhnen konnte. Als sie zu der schmucken und sauberen Kapelle aus Granitstein hinaufstiegen, versanken sie in der Stille einer Welt ohne Straßen und ohne Autos. Tief unten faulenzte eine kleine Lagune zwischen den Felsen, mit Schilf gespicktes Brackwasser, in dem sich die Wolken spiegelten.

«Das ist die ehemalige Schiffswerft des Archipels», erklärte Lionel.

Aus den Ruinen eines verfallenen großen Schuppens führten Schienen hinab, die einst dazu gedient hatten, die neuen, auf Fahrgestelle aufgebockten Schiffe zu Wasser zu lassen. Wie eine Filmdekoration oder eine Geisterstadt aus dem amerikanischen Westen, ein verlassener Ort, den niemand abgerissen hatte, da es nichts gab, was die alten

Bauten hätte ersetzen können, und mit den Jahren verschwanden die von Nostalgie erfüllten Spuren mehr und mehr. Eine Gestalt trat aus dem Schuppen und ging zum Yachthafen hinab: ein junger Typ in Jeans und gestreiftem T-Shirt.

«Das ist er!» flüsterte Lionel.

«Soll ich hinterher?» fragte Gilles.

«Er hofft, einen Platz auf einem Segelschiff zu finden, um ans Festland zurückzukommen», überlegte Momo... «Gilles, du läufst direkt zum Yachthafen runter. Ich geh in dreißig Sekunden rauf zum Lagerschuppen.»

Gilles machte sich auf den Weg. Der Typ bemerkte ihn sofort und schien zu zögern. Als er Maurice aus dem Gebüsch treten sah, kehrte er um, Richtung Lagerschuppen, um von dort aus einen Pfad durchs Gestrüpp zu nehmen. Maurice beschleunigte seine Schritte. Der Kerl fing an zu rennen. Scheiße, die Sache war versaut! Sobald man die zwei, drei Wege der Insel verließ, geriet man ins Gestrüpp, Dornen bohrten sich in die Beine und ins Gesicht. Jedenfalls war der Typ jetzt schon so unsichtbar wie das mehr oder minder verborgene Untergrundnetz der Befreiungsfront im Wespennest Korsika. Trotzdem nahm Gilles seine Verfolgung auf, Lionel rannte den steilen Abhang von oben runter, Maurice fehlte die Kraft, er war nie ein guter Läufer gewesen, und das wurde auch nicht besser. Es ist mehr als ein Gerücht, daß die Lungen am schnellsten altern...

Während er den Weg zur Bucht de la Truelle, gegenüber dem Leuchtturm auf der Nordspitze der Insel, hinabging, zündete er sich ein Zigarillo an. Das Meer, das jetzt fast seinen Höchststand erreicht hatte, überspülte die Felsen bis zu den ersten Gräsern, und die tiefstehende Sonne glänzte auf den feinen gelben Flechten, die die «Kieselsteine» überzogen. Wenige Meter entfernt erhoben sich die massiven Konturen des Château-Renault, einige Jahrzehnte zuvor die Sommerfrische vom Papa des 4CV!

«Ohooo!» rief Gilles, dessen Gestalt vor dem klotzigen Schloß wie ein Ausrufezeichen wirkte.

Lionel und sein künftiger Cousin hatten den Typen an einem alten Wasserloch gestellt, das nach Abwässern stank und einen Schwarm Mücken nährte. Es war ein junger Kerl mit großen braunen Augen, schön wie die einer Kuh, und langen schwarzen Wimpern, die sich auf seine Wangen senkten. Gilles hatte ihm Handschellen angelegt, stolzer, als wenn er bei der Europameisterschaft das entscheidende Tor geschossen hätte.

«Er hat das Messer zuerst gezogen», platzte der Kerl los, sobald er Maurice sah. «Er hatte Angst, ich könnte reden. Ich wollte, daß wir den Schiffbruch melden, und...»

«Vielleicht können wir an einem weniger trüben Ort plaudern», meinte Maurice, der keine Lust hatte, sein Blut einer Armee summender Zweiflügler zu spenden.

Als er in der Hotelbar die unwahrscheinliche Geschichte des aus Toulon stammenden Einundzwanzigjährigen hörte, kamen Momo Zweifel. Dieser Idiot von Périni und seine Schergen von der Grenzpolizei würden den geringen IQ, den man ihnen bei der Taufe zugesprochen hatte, bei dieser Sache abnutzen: Ein Schiff, das für europäische Aquarien Fische aus der Südsee geladen hatte, erlitt an den Felsen von Chausey Schiffbruch, und die Hummer mußten dumm dreingeschaut haben, als sie Blauhaie sahen, die ihre Antennen streiften, und Feuerfische, die sie am Schwanz kitzelten...

«Ich wurde vor zwei Monaten von der portugiesischen Gesellschaft *Mers du Sud* angeheuert, die ihren Hauptsitz auf Madeira hat», erklärte der verstörte Junge. «Anscheinend drücken die portugiesischen Behörden bisweilen ein Auge zu, sie ermutigen wirtschaftliche Aktivitäten. Die Insel vegetiert vom Tourismus vor sich hin...»

«Komm zum Wesentlichen, mein Junge», schlug Gilles großspurig vor. «Was hast du bei diesem Geschäft zu tun?»

«Ich nehme die Exemplare auf den Kapverden und in Mauretanien in Empfang... Ich ernähre die Fische, transportiere die Kisten... Das war meine erste Überfahrt bis Frankreich, und was mir eigenartig vorkam, war, daß ich plötzlich Stimmen im Laderaum hörte...»

Der Typ schwieg, er wußte nicht mehr, was er sagen sollte. Die ganze Geschichte schien ihm völlig verrückt... Maurice tat, als würde er langsam die Geduld verlieren:

«Da sich Fische nicht unterhalten, und du dich nicht für Jeanne d'Arc hältst, hast du dir gesagt...»

«Nun, daß es Leute im Laderaum geben mußte! Aber seit dem Golf de Gascogne hat uns ein verdammter Sturm verfolgt, bis wir uns an diesen Riffen aufgespießt haben. Wir dachten, wir wären viel weiter westlich... Der Kapitän ist beim Auflaufen gestorben, aber wir haben gemerkt, daß wir nicht weit vom Land entfernt waren und...»

«Wer ist wir?»

«Na, Lemerle und ich!»

«Wer?»

«Der Typ, mit dem ich mich geprügelt habe und der sein Messer gezogen hat. Ich habe mich nur verteidigt, so gut ich konnte...»

«Ok!»

«Und dann waren da etwa zehn Männer, ich meine Männer, Frauen und Kinder...»

«Tot?»

«Na, nein, ich meine, nicht alle... Sie sind da drüben.»

«La Genetaie!» sagte Lionel.

Gilles und Momo fuhren mit einer Barkasse auf dieses kleine Eiland im Westen der Hauptinsel. Als sie an Land gingen, sahen sie kein Schwein. Nur die Enten in ihrem Smoking, die sich das Gefieder entlausten. Möwen, Elstern und Seeschwalben brüllten über den gelben Ginster hinweg, sie wären hier zu Hause, da man ihnen ein Papier unterschrieben hätte, das die Inselgruppe zum Vogelschutzgebiet erklärte. Ein Baßtölpel mit goldenem Kopf und schwarzgefleckten Flügeln senkte seinen massigen Körper im Sturzflug ins Wasser, mitten in eine Familie von Silbermöwen. Algen und Felsen schimmerten von Guano, lange, grau-weiß-gelbliche Kot-Röllchen, die auf den Felsen zerdrückt waren. Nahe der Küste schlug sich ein windschiefer Klotz aus Stein mit den Dornen: die Ruine eines der unzähligen Häuser, errichtet von den Steinbrucharbeitern, die jahrhundertelang auf dem Archipel Granit abbauten, um Saint-Malo, Dieppe, Jersey, die Kirchen des Cotentin zu erbauen und Zweidrittel der Städte London und Paris zu pflastern.

In der Mitte der Insel sah Momo eine dünne Rauchsäule, die sich in den gelben Spätnachmittagshimmel erhob. Noch vier Schritte und er sah sie: sechs oder sieben Menschen, die um ein kleines Feuer saßen. Sie schienen riesengroß in ihren Ganduren, ein kleiner Nomadenstamm an seinem Feuer, fünf Männer, zwei Frauen, dann eine weitere, die aus einer kleinen Hütte trat. Sie wandten sich zu Gilles und Momo um und beobachteten schweigend und reglos, wie sie näherkamen.

«Nett habt ihr es hier», sagte Momo zur Einleitung ...

Sie waren alle zwischen zwanzig und dreißig Jahre alt, hielten sich sehr gerade und hatten den lebhaften Blick und die dunkle Hautfarbe der Wüstenmenschen. Neben einer metallenen Teekanne brieten Fische auf dem Feuer. Mit einer weit ausholenden Geste lud einer der Männer die Besucher ein, sich auf einem Stück Stoff niederzulassen, und man reichte ihnen Gläser mit Tee. Nicht nötig, sich eine Reise mit *Terres d'Aventure* anzutun, um etwas Exotisches zu erleben!

Momo war nicht zimperlich und tauchte sogleich die Lippen in den kochendheißen Tee ...

«Sagt mir jemand, was los ist?» fragte er.

Einer der Jüngsten ergriff das Wort: Sie waren Tuaregs,

die, bedrängt vom politischen Chaos in Algerien, das jetzt auch die Wüste erreicht hat, nach Mauretanien geflohen waren. Der Zustrom von Nomaden in dieses Land, das außer seinen Augen zum Weinen sowieso nichts hat, war für die Regierung von Nouakchott nicht eben ein Trost. Daher wurden sie so liebenswürdig empfangen, wie in Frankreich ein Demonstrant von einem Schlagstock der CRS gestreichelt wird. Als man ihnen angeboten hatte, in Frankreich zu arbeiten, hatten sie ihre Ledertruhen, die letzten Kamele und ihren Schmuck verkauft, um die Reise zu bezahlen: 7000 Franc pro Nase. Was, für wen und für wieviel sie arbeiten würden, davon hatten sie keine Ahnung, als man sie in den Laderaum des Schiffes hineingepfercht hatte.

Das stank nach den widerlichen Jahrhunderten, nach der Sklaverei, nach den fünfzig Millionen Afrikanern, die in den Laderäumen jener Schiffe umgekommen waren, die über die Route der Passatwinde zu den amerikanischen Pflanzungen fuhren. Vor zwei Tagen der Horror mit dem beschnittenen Mädchen, und nun das. Manchmal fällt es verdammt schwer, an den Fortschritt zu glauben!

Gilles gab keinen Ton von sich, ihm war das Herz schwer, wegen Algerien, dem Land seiner Vorfahren, und wegen dieser verfluchten Sklavenhändler, die zu ihrem Fisch menschliches Fleisch luden, nur damit ihre Brieftasche dicker wurde. Vor Wut kaute er an seinen Fingern, während der Junge erklärte, daß sie einen Teil ihres Gepäcks aus dem Schiffswrack gerettet hätten, ehe dieses auseinanderbrach. Eine Frau zog ein goldgelbes Hirsebrot aus dem Sand, das unter einer Schicht von Glut buk.

Momo erhob sich und entfernte sich einige Meter, er überlegte, er war wütend, und es versetzte ihm einen Stich, wenn er daran dachte, daß die Leute hier es mit diesem aufgeblasenen Périni zu tun bekämen.

«Komm, Gilles, wir gehen, lassen wir sie in Ruhe essen.»

Er hob die Hand zum Gruß, Gilles folgte ihm verblüfft, und sobald sie außer Hörweite waren, fragte er:

«Aber, Chef, lassen wir sie denn einfach so da..., ich dachte...»

«Die kleinen Inseln dürfen während der Brutzeit nicht betreten werden, aber das ist mir egal, ich bin kein Jagdaufseher, und diese Typen werden den Enten sowieso keine Feder krümmen...»

«Aber sie haben kein Recht, auf französischem Boden zu bleiben...»

«Sie bleiben ja auch nicht! Nachdem sie, eingepfercht im Laderaum zwischen Aquariumfischen, drei Tage Sturmstärke zehn und zu guter Letzt einen Schiffbruch hinter sich haben, dann haben sie doch wohl etwas Urlaub verdient...»

Gilles nickte.

Als sie in das Boot stiegen, hatte sich das Meer schon zurückgezogen, und unter den kleinen Wellen wiegte sich sanft ein blühender Garten in einem blassen Malveton. Das waren die Chausey-Inseln, ein süß-saures Ragout aus Algen und Blüten. Die kleine Rauchsäule schlängelte sich am Himmel. Maurice erinnerte sich daran, daß früher neben den Steinbrechern auch die Faßmacher hier gewohnt und den Tang verbrannt hatten, um das Soda freizusetzen, und die Einwohner von Granville erzählten, der starke Geruch der Feuer sei bis zu den Befestigungsmauern der Stadt hinübergedrungen.

Im Restaurant des einzigen Hotels sah Gilles, wie Maurice auf der Veranda mit Lionel verhandelte. Was heckten die beiden nur aus? Als Momo zurückkam, wollte Gilles in Granville anrufen:

«Ich verständige Périni von dem Lager auf La Genetaie. Das ist doch sein Ressort, oder?»

«Das Ressort dieses Idioten sind Schläge und Dreck.»

Gilles begriff die Stimmungsschwankungen seines Chefs nicht, der jetzt spöttisch lächelte wie einer, dem man nichts vormachen kann und der nie in der Hierarchie aufsteigen wird, nicht so einer, dessen Moral in einem Rucksack Platz findet, der ein leichtes Erklimmen der Karriereleiter erlaubt! Nie würde er Hauptkommissar werden, Gott sei Dank. Er würde ein popeliger Kommissar bleiben, ein elender kleiner Kommissar …

Während sie auf die Flut warteten, um zurück ans Festland zu kommen, und unterdessen vor einem einheimischen Hummer saßen, sorgte sich Maurice:

«Übrigens, habt ihr dem Jungen, dem aufgeregten Kerl mit dem Messer, was zu essen gegeben? Anscheinend soll man die Überfahrt nicht mit leerem Magen antreten.»

Hummer und Muscadet wirkten Wunder gegen die Seekrankheit: Maurice erlebte die Überfahrt wie ein Wikinger, ohne das geringste Glucksen im Magen, dann lieferten sie den Jungen im Kitchen des Kommissariats ab.

Zu Hause angekommen, ließ sich Momo auf sein Bett fallen. Sein Kopf schlug schwer auf dem Kissen auf. Dann war nichts mehr zu hören, nicht einmal ein Schnarchen. Momo träumte: ‹Arbeitsloser, gibt es das als Posten bei der Polizei?›

VIOLETT

Nouredine Naoud wartete bereits vor dem Gebäude in Boulogne, in dem sich die Büros von *Avenirs africains* befanden. Er wirkte niedergeschlagen – wie ein Abgeordneter, der soeben seinen Wahlkreis verloren hat.

«Ich werde Sie ins Archiv bringen, dort ist alles elektronisch erfaßt, Sie werden sich also ganz leicht in den verschiedenen Unterlagen zurechtfinden. Die Sekretärin wird es Ihnen erklären. Sie brauchen nur zu sagen, Sie schreiben eine Diplomarbeit über die afrikanische Wirtschaft. Das kommt häufig vor.»

Nachlässig frisiert, ja nicht einmal geschminkt, nickte Agnès mürrisch, sie war nicht sehr gesprächig. Ihre gesamte innere Konversation drehte sich um Elvis. Es war nun fast drei Tage her, seit er sich in Luft aufgelöst hatte, drei Tage, in denen Agnès Alpträume hatte von *snuff movies* im Pädophilen-Milieu, von dem Volltrottel aus Granville, der nicht zurückrief, und den Polizisten aus den Yvelines, die einfach stur in ihrem Trott weitermachten.

«Was ist das für eine Geschichte mit Elvis?» fragte Nouredine im Aufzug.

Ach, der Herr Diplomat war doch nicht taub, auch wenn er neulich am Telefon die Zähne nicht auseinanderbekommen hatte. Er brauchte etwas länger, bis er reagierte!

«Ich bin sicher, daß man ihn entführt hat.»

Agnès' Stimme erstickte. Entführt, ihr hochbegabter Schützling mit seinen Siebenmeilenturnschuhen, diese Horrorvison ging ihr einfach nicht aus dem Kopf, welche Schufte hatten es bloß auf seine Dreadlocks abgesehen? Nouredine sagte mit seiner stets gleichbleibenden Leichenbittermiene:

«Ich habe hier heute nachmittag eine Sitzung, ich werde Sie in zwei Stunden im Archiv abholen, dann gehen wir etwas trinken und Sie erzählen mir alles.»

Agnès konnte sich noch immer nicht vorstellen, wie ihre Schwester in den Laken eines Hotelzimmers mit diesem traurigen Edelmann herumtollte. Sie sagte: «Einverstanden!«

Das Mädchen im Archiv war eine sehr gute Pädagogin, die Recherche war so einfach wie Nudelkochen: Man brauchte nur ein Wort, einen Namen einzugeben, anzuklicken, und schon erhielt man die Liste der entsprechenden Artikel, die man aus numerierten Dossiers in hoffnungslos überfüllten Regalen heraussuchen konnte. Baptistes Name erschien in Verbindung mit gut einem Dutzend Artikeln, das war schon mal nicht schlecht. Ein Porträt in *Le Monde*, ein Interview in *Jeune Afrique*, eines in *L'Expansion*, vier oder fünf in afrikanischen Zeitschriften, die nur im Abonnement erhältlich waren, zum Zeitpunkt von Mandelas Freilassung wurde sein Standpunkt in *L'Express* zitiert... Eine Chronik, die er für *Libération* geschrieben hatte, vermittelte einen kleinen Eindruck seiner lyrischen Ausdrucksweise: «*Die Welt hat Afrika stets zur Ader gelassen. Man verzeiht ihm nicht, die Wiege der Menschheit, der Musik und der modernen Künste zu sein, den Reichtum Europas und Amerikas durch die Kolonialisierung und die Sklaverei begründet zu haben...*» Fünf oder sechs kurze Notizen vermeldeten lakonisch seinen tragischen Tod bei einem Autounfall. Nur *Avenirs africains* hatte sich die Mühe eines Nachrufs gemacht... In den schönen, nichtssagenden Worten der Zeitungen fand Agnès nicht viel Konkretes. Sie kopierte das Porträt, das Baptiste als einen der Menschen seiner Generation vorstellte, der die Belange Afrikas wie kein anderer kannte. Man führte seinen Einsatz für die Entwicklung Afrikas an, seine Anprangerung nicht gehaltener Versprechen, seine bissigen Appelle an französische Politiker. Er hatte gegen die Situation in Ruanda und in Zaire gewettert, noch ehe diese Schlagzeilen machte. Als Anwalt hatte er für die Regierung der Elfenbeinküste einen vielbeachteten Prozeß gegen einen amerikanischen Multi gewonnen, der Plastiktüten in einem Vorort von Abidjan herstellte und mit seinem fetten Hintern die Abmachungen des Kooperationsabkommens einfach platt walzte. In *Jeune Afrique* wurde seine aktive Beteiligung am Aufbau eines Projekts im Norden Kameruns, in der Savanne, genau an der Waldgrenze, erwähnt. Dort sollte ein Bauernhof als Selbsthilfeprojekt entstehen... Für all seine guten und loyalen Dienste hatte man ihn ins Paradies befördert, denn wenn dieser Unsinn vom Garten Eden stimmen würde, hätte er sich mit Sicherheit dort einen Platz verdient.

Als Nouredine sie abholen kam, dachte Agnès, die den Anblick einer geschlagen Frau bot, deprimiert, daß sie es niemals schaffen würde. Erst nachdem sie im Bistro in einem Zug einen doppelten Whisky-Cola hinuntergestürzt hatte, faßte sie sich ein wenig.

«Das bringt überhaupt nichts. Wenn die Lösung in den Zeitungen zu finden wäre, wüßte alle Welt Bescheid. Baptiste ist wegen irgendeiner undurchsichtigen Geschichte gestorben, die in keinem Blatt auch nur mit einer Zeile erwähnt wurde...»

«Die Politiker rühren die Öffentlichkeit mit Afrika zu Tränen und stecken das dafür bestimmte Geld in die eigene Tasche, Baptiste hat vielleicht ein wenig zu deutlich darauf hingewiesen», pflichtete Nouredine ihr bei.

Agnès kochte. Seine bescheuerten ökonomischen Nachhilfestunden auf Diplomatenart scherten sie einen Dreck. Sie explodierte:

«Ich sehe nicht, wie uns Ihr Blabla weiterbringt ...»

«Ich kümmere mich darum!»

Es war das erste Mal, daß sie seine Augen aufblitzen sah. Sie schenkte ihm ein kurzes Lächeln, das er erwiderte, nun hatte er endlich etwas von Omar Sharif, bevor dieser im Greisenalter durch eine Überdosis Pferderennen durchknallte.

«Ich bin Elvis nie begegnet, doch ich kenne ihn. Er war sieben, als ich Gloria traf. Ich werde etwas für ihn tun. Ich werde auf Ihre Frage antworten, und Sie werden mein Blabla, wie Sie es nennen, verstehen ...»

An dieser Stelle nahm seine ägyptische Story eine falsche Wendung, was konnte er schon ausrichten? Er würde ihr doch wohl nicht weismachen wollen, mit dem Boss des Geheimdienstes im Sandkasten gespielt zu haben.

«Ägypten ist auch Afrika, wissen Sie ...»

«In Erdkunde war ich zwar keine große Leuchte, aber bis hierher kann ich Ihnen folgen.»

«Man braucht uns wegen des Mittleren Ostens, Israel, der Süd-Libanon, Palästina, man behandelt uns eher gut, es gibt mit uns immer etwas zu verhandeln.»

«Der Geheimdienst?»

«Unter anderem ... Ich habe nichts zu verlieren. Das bin ich Elvis wirklich schuldig ...»

«Er will Premierminister werden», warf Agnès ein, doch ihre Stimme brach.

Die Vorstellung, das Gesicht des Jungen niemals wiederzusehen, war zu schrecklich, sie wäre imstande zu töten. Nouredine trank den Rest seines Mineralwassers in kleinen Schlucken, dann starrte er auf die Theke. Er war wieder in sich zusammengesunken, wie ausgelöscht, den Kopf in seinen violetten Schal vergraben.

«Wo ist sie beerdigt?»

«Im Garten der *Auberge*.»

Als Agnès im RER saß, fing sie an, den verpfuschten Nachmittag zu verfluchen. Sie wußte nicht mehr, an welchen Schutzheiligen sie sich wenden sollte.

Sie rief in der *Auberge* an, und José nahm sogleich ab. Er schluchzte:

«Deine Mutter kriegt noch einen Herzinfarkt.»

«Recht hat sie, sonst wird es ja auch langweilig!»

Das war nun wirklich nicht der Moment zur emotionalen Erpressung im Stil «ihr Herz wird brechen oder sich verdüstern» oder ähnlichem Unsinn! Sie ging am Gymnasium vorbei, es war 17.30 Uhr, Schulschluß. Sie begrüßte ein paar der Schüler, mit denen sie gesprochen hatte und die nichts zu sagen hatten. Wie seine Mutter hatte auch Elvis keine Freunde, nur Schulkameraden, die behaupteten, ihn nicht gut zu kennen. Zwei der Rapper, die manchmal mit ihm in der Turnhalle trainierten, hatten diesen Familientick schon für sich übernommen:

«Wenn du dich auf dem Kopf drehst, die Musik bis zum Anschlag aufgedreht hast, da is' nix mit reden, du drehst dich, du schlägst dir die Schnauze auf, du fängst von vorne an, mehr is' nich'!»

Auf dem Weg zurück zur *Auberge* startete sie auf ihrem Handy einen Versuch beim Aikido-Lehrer, der sich aufregte:

«Heute war die Polizei zweimal da. Wenn ich irgend etwas in Erfahrung bringe, gebe ich dir Bescheid...»

«Du mußt mich verstehen, Max...»

«Das sage ich doch gerade!»

Tja, offensichtlich verleihen einem Kampfsportarten nicht immer die Beherrschung, die man sich von ihnen erhofft. Agnès mußte sich zusammenreißen, um nicht irgend jemanden auf dem Bürgersteig anzuhalten und zu fragen, ob sie ihn beißen dürfe. Das hätte sie etwas beruhigt.

In der Straße des Gymnasiums reihten sich trostlose Gebäude, alle aus der gleichen Periode, mit ihren vergitterten Fenstern aneinander. Wie sollte man in dieser gottverdammten Gegend, wo vor fünfzehn Jahren noch Zuckerrüben vor sich hinwuchsen, jemanden zum Beißen finden!

Als sie das Kommissariat betrat, war sie mit Vorsicht zu genießen. Sie schoß auf den Typen zu, bei dem sie die Vermißtenanzeige aufgegeben hatte.

«Sagen Sie, würde es Ihrem Fortkommen schaden, wenn Sie langsam mal in die Gänge kämen?»

«He, was soll das? Wollen Sie, daß ich Sie wegen Beleidigung eines Ordnungshüters im Dienst einloche?»

«Welcher Dienst?»

«Wir kümmern uns um Ihren Knaben, wir haben das ganze Viertel von den Pennern bis zu den Politessen befragt, niemand hat ihn gesehen, nur der Wirt eines Bistros behauptete, ihn im Fernsehen wiedererkannt zu haben, und der hat ihn mit Bob Marley verwechselt! Wenn Sie glauben, daß das so einfach ist!»

«Und die Zeitungen?»

«Damit warten wir bis übermorgen. Wir können schließlich nicht alle Ausreißer auf der ersten Seite des *Parisien* bringen, dann müßten sie jeden Tag das Telefonbuch abdrucken!»

Agnès stieg in ihr Auto, das am RER auf sie wartete, und brauste los – eine echte Hommage an den Sohn von Belmondo an einem Tag in Hochform beim Grand Prix. Der Sender *Fun Radio* dröhnte in voller Lautstärke, als sie auf den Périphérique einbog, «wenn du die Musik bis zum Anschlag aufgedreht hast», wie der Junge gesagt hatte, «da is' nix mit reden» ..., aber mit denken auch nicht!

Es war ein kleines modernes Gebäude in der Avenue Charles-de-Gaulle, in Neuilly. Ein Wachposten ging auf und ab, als sie mit einem großen Karton von *Pizza Hut* auftauchte:

«Das ist für Studio 8!»

Der Typ ließ sie passieren. So blöd konnte auch nur ein Wachposten sein, sie mit einem der Pizzakuriere in ihren roten Latzhosen zu verwechseln. *Fun Radio* stand überall in riesigen Lettern, das war wirklich *fun*. Cyrils Sendung wurde in der Eingangshalle ausgestrahlt, in der zwei Mädchen in einer *Cosmopolitan* blätterten und sich über das Kamasutra stritten:

«He! Wohin wollen Sie?» erkundigte sich das blonde Grunge-Girl mit den violetten Lippen.

«Sieht man das nicht? Ich liefere Pizza aus!»

«Nein, aber, he, an wen? Lassen Sie die Pizza am Empfang, wir kümmern uns darum...»

Doch Agnès war schon in dem Gang zu den Studios, der *Cosmo*-Fan ihr auf den Fersen. Agnès drehte sich um und blickte geradewegs auf eine Version von France Gall vor ihrem Erfolg von *Sucettes à l'anis*. Ihre Augen waren so lebhaft wie die einer Goldbrasse in der Fischauslage eines Supermarkts an einem Samstagabend im Juli, und ihre Lippen kreischten in einem glänzenden, aufdringlichen Violett, zwei Steaks so dick wie Tournedos, die einen ansprangen, ja selbst Pavianweibchen gingen in ihrem Exhibitionismus nicht so weit, den Männchen das Zentrum der Zielscheibe kundzutun, ein Ding, an dem man sich bei Fellatio drei Tage lang den Schwanz beschmieren könnte!

«Reg dich ab, Kleine», meinte Agnès und öffnete die Schachtel. «Es ist nur eine Pizza, kein Killerkommando! Eine Vier Jahreszeiten mit Champignons und Artischocken, Cyrils Lieblingspizza, da kannst du mir nichts vormachen, ich bin sein Lieblingskurier, sag mir jetzt bloß nicht, daß du das nicht verstehst.»

«Scheiße, er hätte uns immerhin Bescheid sagen können!»

«Hast du nicht gemerkt, daß er heute besonders angetörnt ist?»

«Stimmt, heute abend war er wirklich nicht ganz klar.»

«Na also, wir verstehen uns doch.»

Klack! Agnès machte den Pizzakarton wieder zu.

«Also, dein Lippenstift hat ja wirklich ein tolles Rot, äh, Violett! Cool!»

«Danke», sagte das Mädchen und fuhr sich mit der Zunge über ihren glänzenden Zwetschgenmund, bevor sie auf dem Absatz kehrtmachte.

Am Ende des Gangs untersagte ein rotes Licht den Zutritt zum Studio. Sie trat ein.

Ein nervöser Typ, große Kopfhörer auf den Ohren, kreischte ins Mikro.

«Und vergeßt nicht, Leute, ein Weidewechsel freut die Kälber, wie man so schön sagt...»

Er sah Agnès hereinkommen und schob blitzschnell einen Kommentar im Fußballstil hinterher:

«Aber wer kommt denn da ins Studio geschneit? Eine charmante junge Dame mit einer Pizza in der Hand, wenn die jetzt in meinem Gesicht landet, wäre das live, Freunde, und ich warne euch, ich garantiere für nichts, denn das hier ist total improvisiert. Ah! Nein, nein, sie scheint mich nicht angreifen zu wollen, sie stellt die Pizza ab, öffnet den Karton, es ist eine Vier Jahreszeiten, Leute, meine Lieblingspizza, ich lasse euch jetzt voll auf *Magic Tramp* abfahren. Bis dann!»

Grünes Licht. Er nahm den Hörer ab. Er trug eine Brille. Hatte Pickel. Und er haßte es, wenn ihn jemand störte.

«Sag mal, spinnst du, hast du das Rotlicht nicht gesehen? Was treiben die da draußen am Empfang, zum Teufel?»

«Hör mal, Cyril, ich habe nichts gegen Thierry Roland, und ich bin wirklich bereit, dich ebenso zu schätzen wie ihn, du hörst mir einfach zu, solange *Magic Tramp* läuft, das dürfte genügen!»

Eine Platte später wußte der Nervöse das Wesentliche.

Elvis. Neffe. *Noir*. Verschwunden. Botschaft. Eine Frage von Leben und Tod. Man sollte ein bißchen großzügig sein. Am Ende von *Magic Tramp* bat Cyril sie um eine Schweigeminute, ließ ein paar dumme Sprüche ab, versorgte seine Zuhörer dann mit *Noir Désir*. Purer Zufall.

«Wir sind hier nicht im Fundbüro in der Rue des Morillons, mein Schatz!»

«Zunächst einmal ist Elvis keine Fundsache, und außerdem könntest du dann nachts wenigstens einmal mit dem Gedanken einschlafen, etwas Sinnvolles getan zu haben ...»

«He, was labert die an mich ran? Führt sich auf wie Mutter Teresa, da steh ich aber gar nicht drauf!»

Nach der dritten Platte – die *Red Hot Chili Peppers* – war er zwar noch immer genauso genervt, doch zu Verhandlungen bereit. Sie würde die Botschaft an ihren Dreadlock-Jungen richten, doch so, als wäre sie am Telefon. Es hieß zwar «offene Leitung», doch das Studio blieb für Zuhörer geschlossen. Dann also wie am Telefon, das war Agnès egal.

«Hast du einen Text?»

«Ich improvisiere.»

Sie war nicht gerade brilliant. Doch das war nicht wichtig: Elvis hatte seinen Walkman bei sich, sein Kassettenradio ... Wenn er sie hörte, wüßte er wenigstens, daß sie sich tierische Sorgen machten, und wäre bereit, ihnen ein Lebenszeichen zu geben. Wenn er nicht reagierte, dann, weil ihn irgendwelche Dreckskerle daran hinderten.

Sie gab Cyril zum Abschied einen Schmatz. Am Empfang hob der violette Pavianarsch-Mund anerkennend einen farblich zu den Lippen-Tournedos passenden Daumen:

«Ihre Einlage war super!»

In der *Auberge* verkroch sich Agnès sofort in ihr Zimmer, ohne den Stand des Tränenzählers bei José und ihrer Mutter abgelesen oder andere Klagen notiert zu haben. Nach einem langen Bad mit Rosmarinessenz trat sie auf den kleinen Balkon vor Glorias altem Zimmer. Der sternenübersäte Himmel war ruhig. Das machte ihr wieder Hoffnung. Vielleicht betrachtete Elvis auch gerade die Gestirne und trauerte dem Verschwinden des Kometen nach …

Sie war schon fast eingeschlafen, als ihr einfiel, daß sich vierzig Verrückte, violette Schals um den Kopf gewickelt, hatten in die Lüfte schießen lassen, um den Kometen zu treffen, nur der Letzte war ohne etwas Violettes gestorben. Sie fing an zu zittern und stand auf, um eine Tablette zu nehmen. Sie fühlte sich als Versagerin. Sie hüpfte nur aufgeregt hin und her wie ein Paar Rumbakugeln, ohne daß sie einen Ton produzierten. Nur heiße Luft! Luftschlösser!

KAFFEE

«Ein großer Kahlköpfiger und ein Kleiner mit gelocktem Haar. Älter als fünfzig. Sechzig vielleicht.» Maurice betrachtete die beiden Phantombilder, die nach Aussage von Mutter Verjot entstanden waren. Die Mörder der kleinen Iranerin sahen nicht gerade wie Erstkommunikanten aus. War das die Wahnvorstellung einer alten Frau, die nur eine Spiegelung in der Glasscheibe ihres Backofens gesehen hatte, bevor man sie niederschlug? Nein. Maurice hätte schwören können, daß diese beiden Einfaltspinsel den Lieferwagen gefahren hatten, dem Gilles und er am Tag von Djamila Berkhas Ermordung kurz vor dem Haus der Verjots begegnet waren. Die zwei Miststücke, die sie höflich gegrüßt hatten. Als Momo Mutter Verjot im Krankenhaus vernahm, hatte sie ausgesagt, sie habe einen Lieferwagen auf dem Weg vor dem Häuschen parken hören, ja, sie habe sogar gedacht, es sei ein Polizeiauto, das mit ihrem Mann zurückgekommen sei!

«Janine, faxen Sie mir das an alle Kommissariate der Normandie, der Picardie und der Île-de-France!»

Maurice schlürfte seinen vierten Kaffee, wobei er an einem Stück Zucker lutschte. Er fühlte sich nicht sonderlich.

«Maurice! Ich habe Neuigkeiten», meinte Gilles, der seine Nase durch die Tür steckte.

Er wirkte aufgekratzt. Momo forderte ihn auf, sich zu setzen, und reichte ihm einen Kaffee:

«Ein Western?»

«Fast! Ich habe mit den Jungs von Jaume in Saint-Lô die Wohnung eines Liebhabers von Verjot gefilzt, von einem, der an der Zeitschrift mitarbeitet. Wir haben ein paar Disketten, beschlagnahmt. Auf einer stand in Verjots Handschrift ‹Bulletin›. Sie ist auf den Tag vor seinem Tod datiert...»

«Endergebnis?»

«Sie ist unleserlich, aber Jaumes Abteilung kümmert sich darum.»

Maurice schob das Stück Zucker in den Mund, das ihm die Finger verklebte, und trank seinen Kaffee aus. Er würde übermorgen nicht seine Eltern, die ihren Lebensabend in den Weinbergen um Mâcon verbrachten, besuchen können. Und auch nicht an Ostern, dazu war es zu spät, noch zum Trinitatisfest, das abgeschafft worden war. Er mußte sich wohl oder übel hier reinhängen.

«Hallo! Jaume? Hier Laice! Sagen Sie, Hauptkommissar, Gilles hat mich mit dieser unleserlichen Diskette neugierig gemacht...»

«Ich dachte, Sie seien an der Sache nicht sonderlich interessiert, Kommissar!»

«Ach, mit etwas gutem Willen bin ich immer noch in der Lage, mich aufzuraffen.»

«Was wollen Sie wissen?»

«Warum man Verjot und seine Fatima vor meiner Haustür ermordet hat. Sie wissen ja, wie pedantisch ich bin...»

«Sie kennen doch die Geschichte von dem Jungen, der zum anderen sagt: Laß uns zusammen eine Sammlung machen, aber ich behalte sie bei mir.»

«Jaume, so was gibt es zwischen uns nicht! Wir suchen alle beide, und auf diese Weise werden wir auch etwas finden...»

«Ich suche und Sie finden, wollen Sie sagen? Das stört mich nicht! Ich bin im Moment erschöpft. Meine Frau hat angefangen, sich für Aerobic zu begeistern. Das schadet meiner Gesundheit!»

«Also, was war auf der Diskette? Tips von Verjot zur Pflege seiner Grabbepflanzung?»

«So ähnlich vielleicht. Verjot gab seine Entdeckungen durch die Blume preis. Es ist ein Entwurf, der Anfang eines Artikels, wahrscheinlich für die nächste Ausgabe seiner Zeitschrift bestimmt...»

«Faxen Sie mir das?»

«Wenn Sie so freundlich darum bitten! Aber im Ernst, Laice, wenn Sie etwas finden, halten Sie mich auf dem laufenden.»

«Einverstanden, Jaume, wir teilen die Sammlung...»

Als er auflegte, sagte sich Maurice, daß es trotz allem ein Vergnügen war, mit Vorgesetzten zu arbeiten, die eine Erziehung genossen hatten, etwas anderes als diese Pestbeule Périni! Er schob sich zwei Zimtkaugummis in den Mund. Jaume hatte ihn in gute Laune versetzt. Heute war das Wetter für einen Ausflug zu den Chausey-Inseln wie geschaffen, das Meer war spiegelglatt und der Himmel azurblau, ein Tag, um Postkartenfotos von der Zitadelle in Granville zu machen. Als er sich noch einmal Kaffee nachschenkte, stieß er die Kanne um, und alles lief über seine Hose. Janine kam in sein Büro, um ihm das Fax von Jaume zu bringen, das so eng aufgerollt war, als hätte man es über Nacht auf Lockenwickler gedreht. Sie sah die Bescherung:

«Kann ich helfen?»

«Es geht schon», schnauzte Maurice.

Sie wollte ihm doch wohl nicht etwa den Hosenschlitz saubermachen! Er warf ihr einen finsteren Blick zu und tauchte auf der Stelle ohne Atemmaske und Schnorchel in die Lektüre des dauergewellten Faxes ein. Sofort ging ihm die Luft aus:

RUBRIK POLITISCHE FIKTION *(jede Ähnlichkeit mit bestehenden oder einst existenten Fakten entspringt natürlich unserer Phantasie)*

POISONS PANÉS (GIFT IN PANADE)

Sonntag, der Tag des Herrn, ist nicht für alle ein Ruhetag, das bekommen manchmal auch die Fischer zu spüren. So war es auch bei uns, die wir häufig fischen, in jener Aprilnacht von Samstag auf Sonntag. Wir haben sie befreit. Drei Männer und zwei Frauen, im wahrsten Sinne des Wortes versklavt. Wie soll man sonst Menschen nennen, die für zwölf Stunden Arbeit täglich, zwei Stunden des garantierten Mindestlohns bezahlt bekommen, die man in einem baufälligen und verdreckten Schuppen zusammenpfercht, mit einem Loch im Boden, um ihre Notdurft zu verrichten, mit zwei Kanistern mit Wasser zum Trinken, und um sich zu waschen, und ein paar Konserven zu ihrer Verpflegung? Illegale Einwanderer. Aus Mauretanien kommend, müssen sie drei Monate lang die Kosten für ihre Überfahrt abarbeiten…

An dieser Stelle hörte es abrupt auf! Zum Verrücktwerden. Maurice schenkte sich noch einmal Kaffee nach. War es möglich, an einer Überdosis Kaffee zu krepieren? Das Koffein verursachte ihm Herzrasen, er hatte das Gefühl, ein Löwe lief in seinem Brustkorb-Käfig auf und ab, ein echter Savannen-Löwe, der nicht im mindesten von den Beruhigungsmitteln eines vorsichtigen Dompteurs betäubt war.

«Ich habe die Aussage des Jungen abgetippt, den wir von Chausey mitgebracht haben», meinte Gilles, als er hereinkam. «Wenn Sie sie unterschreiben wollen…»

Maurice warf einen Blick auf den Bericht, der wiedergab, was der junge Kerl mit den Kuhaugen ihnen auf Chausey erzählt hatte. Er unterschrieb.

«Er wird der Staatsanwaltschaft überstellt, doch ich bezweifle, daß das viel bringt», brummte Gilles beim Hinausgehen.

Er hatte die Nase voll von all diesen Leute, die man für eine klägliche Tasse Wissen ausquetschen mußte! Maurice ging auf und ab. Das tat dem Löwen gut, der das Gefühl hatte, seine Mähne in einem etwas größeren Käfig zu schütteln.

«Und der Ex-Liebhaber, was erzählt der sonst noch, abgesehen von der Diskette?»

«Nichts, er ist krank, er hat eine Hepatitis. Jaume hat ihn vorgeladen, doch er sagt, er habe ein ärztliches Attest: ansteckende Krankheit...»

«Ein ärztliches Attest? Was ist das denn für eine Geschichte? Eine kaputte Leber, die einem die Sprache verschlägt, das ist neu!»

«Sie haben zuviel Kaffee getrunken, Chef, ähm..., Maurice..., deshalb regen Sie sich so auf!»

«Ich rege mich nicht auf, ich greife den Ereignissen lediglich vor!»

Momo trank seinen Kaffee und schlürfte den Plastikbecher bis auf den Grund leer.

«Ich werde versuchen, auch etwas Hepatitis zu bekommen. Im übrigen sind all diese Schweinereien nur anstekkend, solange man sie ausbrütet!»

Noël Marceau wohnte in der Nähe des Gestüts von Saint-Lô, unweit des Friedhofs. Maurice durchquerte die Stadt, ohne ihr große Beachtung zu schenken, sie machte ihn trübsinnig. Ihr Wiederaufbau erinnerte zu sehr daran, daß sie 1944 fast völlig zerstört worden war.

«Polizei, aufmachen!»

Er hörte Lärm hinter der Tür des Häuschens, ein

Schnauzbärtiger im Rad-Dreß öffnete. Große, knallrote Knie traten in seinen Lycra-Radlerhosen hervor. Er wollte gerade los, um wie jeden Samstag mit seinen Kumpels zwanzig Kilometer abzustrampeln, sein Mitbewohner läge im Bett, krank…

«Ich muß ihn unbedingt sehen, ich bleibe auch nicht lange…»

«Aber er ist ansteckend!»

«Ich habe schon Hepatitis gehabt.»

Der Typ protestierte, doch Maurice war schon am Ende des Ganges, ein saublöder Gang voller Türen. Er öffnete die zum Klo, dann die zu einem Zimmer. Da lag er, unter den Laken, die Haare zerzaust.

«Gut, machen wir es kurz. Sie arbeiten für Patricks Zeitschrift, was wissen Sie von diesen illegalen Einwanderern?»

Er hatte den Kopf ins Kissen gedrückt und spielte den Schwerkranken, doch das würde ihm nichts nützen.

«Lassen Sie ihn, sehen Sie nicht, in welchem Zustand er ist?» bat ihn der Typ im Rad-Dreß.

«Sie tanzen jetzt besser auf Zehenspitzen mit Ihrem Fahrrad ab, denn ich warne Sie, ich bin heute empfindlich. Schon seit Wochen habe ich keinen freien Tag mehr gehabt, klar?»

Der andere fing unter seinem Laken zu stöhnen an. Laice drehte sich wütend zu ihm um:

«Ok, nur damit wir uns richtig verstehen. Haben Sie eine Hepatitis? Der Stuhl? Wie ist er, der Stuhl?»

«Jetzt übertreiben Sie aber, haben Sie wenigstens einen Durchsuchungsbefehl?» protestierte der Jalabert-Fan.

«Sitzt du immer noch nicht im Sattel?»

Er näherte sich dem Bett. Der Löwe in seiner Brust hatte es satt, auf und ab zu gehen und fing an zu brüllen. Das würde schlimm enden.

«Ich frage Sie höflich, ohne mich aufzuregen: Kacken

Sie weiß, oder kacken Sie dunkel? Das dürfte doch wohl klar zu erkennen sein, verflixt noch mal!»

Die Augen des angeblich Gelbsüchtigen wanderten hektisch nach allen Seiten, wie aufgeregte Fische in einem Aquarium, die den Ausgang suchen. Hilfesuchend sah er zu seinem Kumpel ...

«Sind Sie krank oder er?»

«Dunkel!» sagte er schließlich.

«Dann sind wir uns wohl darüber einig, daß Sie nicht mehr Hepatitis haben als ich Sex-Appeal! Also, schießen Sie los?»

Er richtete seinen Oberkörper ein wenig in den Kissen auf, der Mann im Rad-Dreß verzog sich klugerweise in Richtung Fahrrad.

«Ich habe Angst, das ist alles, verflixt noch mal! Ich möchte Sie in dieser Lage mal sehen ... »

«Ich bin genau in dieser Lage, was glauben Sie denn? Der Tod von Patrick, der kleinen Iranerin, das reicht schon, um sich die Gelbsucht einzufangen.»

Der Typ verzog das Gesicht, und das Wasser lief ihm aus den Augen wie einem zahnenden Säugling. Es war schlimm mit anzusehen, sogar dem Löwen versetzte es einen Stich, und er kauerte sich in sein Brustkorb-Gefängnis. Der Typ hatte keine Hepatitis, es war vielmehr seine Psyche, die von einem Kummer-Virus angefressen war.

«Ich habe Patrick geliebt, verstehen Sie, ich habe ihn geliebt ...»

Das war im Programm von Maurice nicht vorgesehen gewesen. Dieser Typ brachte mit seiner bonbonrosafarbenen Liebe seine Gehirnwindungen durcheinander. Womöglich hatte er es noch mit einem Mord aus Leidenschaft zu tun, ein in Liebe Entflammter, der seinen Ex-Liebhaber und dessen Verlobte umbringt.

«Sie haben ihn geliebt, und er hat sie mit einer schönen Orientalin betrogen ...»

Mit dieser Bemerkung hatte Momo böse zugeschlagen. Unter den Tränen kam, verächtlich zischend, der Zorn zum Vorschein:

«Sie armselige Null! Sie tun mir leid. Für Sie ist die Welt anscheinend wie in einer Fernsehserie. So ist es doch, oder? Man langweilt sich mit seiner Alten und seinen kleinen Scheißern zu Tode und zieht beim Biertrinken an der Theke über die Schwulen her.»

Er schien Bier wirklich überhaupt nicht zu mögen, denn das Wort entschlüpfte seinem Mund wie ein Rülpser. Die ehrliche Abscheu eines Leberkranken! Für einen Deprimierten hatte er ziemlich viel Elan. Die Alte, die kleinen Scheißer und der Anti-Homo-Kreuzzug, nein, das war wirklich nicht Maurice' Programm. Er hatte auch noch nie um jemanden geweint. Er hätte jedoch gern Kummer gehabt, es war wie das dringende Bedürfnis nach Wasser, die zu trockene Erde wurde rissig in seinem Brustkorb, und der Löwe wühlte unablässig in ihr herum. Am Ende war es nur noch Sand, der sein Inneres ramponierte.

Der Typ schluchzte herzzerreißend. Momo seufzte:

«Wir wollen nüchtern bleiben. Es schert mich einen Dreck, ob Sie bi- oder homosexuell sind, ich will nur herausbekommen, wer Patrick umgebracht hat.»

«Wir haben uns geliebt. Seine Begegnung mit Djamila hat daran nichts geändert. Ich war einverstanden und sie auch. Sie sollten ein Kind haben, und das war gut für Patrick, für uns...»

Maurice schüttelte den Kopf, das erschien ihm zu idyllisch, die Geschichte. Doch alles in allem: «Liebesgeschichten enden schlecht, im allgemeinen», und Verjot hatte Recht, wenn er versuchte, sich weniger dämlich anzustellen als in den Fernsehserien.

«Und der Radfahrer?»

«Er war damit zufrieden, wie es war. Wir verstehen uns

gut, wir treten uns nicht auf die Füße, wir erzählen uns kein abgeschmacktes Zeug.»

Langsam hatte bei diesem Quartett die Familie «Zufrieden» alle Karten in der Hand.

«Also? Wovor haben Sie dann Angst?»

Der Liebhaber seufzte. Noch immer rannen ihm die Tränen lautlos über die Wangen. Er mußte einfachere Fragen finden.

«Was genau machten Sie bei der Zeitschrift?»

«Ich kümmerte mich um den Umbruch, das Layout. Das ist meine Arbeit bei *Ouest France*. Ich machte es für Patrick ...»

«Schon gut! Sie haben ihn geliebt, und was haben Sie sonst noch für ihn gemacht, abgesehen von den horizontalen Gefälligkeiten...»

Der Typ warf Maurice einen vernichtenden Blick zu und seufzte:

«Vor ungefähr einem Monat bat er mich, ihm das Landhaus meiner Eltern, die in Chicago leben, zur Verfügung zu stellen...»

«Wofür?»

«Er hatte beschlossen, illegale Einwanderer zu befreien, die irgendein Scheißkerl aus Afrika kommen ließ...»

«Welcher Scheißkerl?»

«Keine Ahnung. Ich habe ihm die Schlüssel zum Haus gegeben, das in der Nähe von Cabourg ganz einsam direkt am Meer liegt. Sie haben dort nur eine Nacht verbracht. Ich glaube, anschließend sind sie in die Gegend von Paris, wo eine Organisation sich um sie kümmern sollte ...»

«Woher wußte Patrick von der Existenz dieser illegalen Einwanderer?»

«Einem von ihnen war es gelungen zu entkommen. Er lief Djamila über den Weg, ich weiß nicht wie. Sie hat ihn zu Patrick gebracht, der Typ hat alles erzählt ...»

«Und Sie haben keine Ahnung, an welchem Ort sie festgehalten wurden?»

«Nicht die geringste!»

«Meinen Sie, daß man ihn deshalb umgebracht hat?»

«Patrick hatte mich wieder um die Schlüssel gebeten, er sollte eine weitere Gruppe befreien, an dem Tag, an dem er ermordet wurde ...»

Die letzten Worte trieben ihm erneut die Tränen in die Augen.

«Ich hatte mich mit ihm verabredet, um ihm die Schlüssel zu geben. Ich habe zwei Stunden gewartet, ich verstand das nicht. Er war immer pünktlich.»

«Kamen diese Illegalen alle aus einer Ecke?»

«Darüber weiß ich nichts, das habe ich Ihnen doch schon gesagt! Als Djamila getötet wurde, habe ich mir gesagt, daß wir alle dran glauben müssen, alle, die bei dieser Flucht mitgeholfen haben!»

«Wer kennt diese verdammten Frischfleisch-Verschieber?»

«Niemand, glaube ich. Patrick hat niemals irgendwelche Einzelheiten erzählt, als sie die Leute abgeholt haben, waren Djamila und er allein. Sie hatten einen kleinen Lieferwagen gemietet. Nachts wurden die Leute nicht überwacht, es war einfach ...»

Maurice hatte plötzlich das Gefühl, daß der Löwe in seiner Brust starb. An seiner Stelle machte sich eine unsägliche Müdigkeit breit, der Kaffee hatte offensichtlich aufgehört zu wirken. Der Käfig war leer, und Momo stand nun ganz allein da wie ein Trottel.

«Gut! Es werden sicher noch andere Polizisten kommen und Sie vernehmen, denn unser Gespräch war nicht offiziell. Sie werden sehen, das sind noch größere Nullen als ich ...»

KUPFER

Agnès griff nach ihrer Tasche, sie war wie gerädert. Überlastet wie sie war, nahm sie keine Termine mehr an. Wie jedes Jahr schwemmte der Frühling eine Woge von Verzweifelten an. Die Angst stieg in den Menschen hoch wie der Saft in den Blättern der Pflanzen, und sie selbst, ebenfalls vom Frühlingsfieber befallen, rauchte wieder wie ein Schlot, obwohl sie vor zehn Jahren damit aufgehört hatte.

Sie stieg in ihren Käfer, ohne vorher noch zu José oder Moune hinüberzugehen. Sie raubten ihr den letzten Nerv mit ihrem Gejammer. Es fiel ihr so schon schwer genug, ihre Frau zu stehen! Das schlimmste war die Zeit gegen fünf Uhr nachmittags, wenn Elvis für gewöhnlich von der Schule kam. Dann kroch der Trübsinn in ihr hoch, bis in die Kehle, und erreichte seinen Höchststand gegen sechs Uhr abends. Das war die Stunde der Leber, in der die Angst sich in Galle verwandelt, die Zeit des Wiederkäuens, in der die Herden zur Tränke wollen. Sie durchstreifte die Straßen in der Umgebung von Elvis' Gymnasium. Es war vier Tage her, daß der zukünftige Premierminister wie vom Erdboden verschwunden war, vier Tage, die sie mit vier Nägeln an das Kreuz der Qualen schlugen. Daran dachte sie, als sie durch Plaisir fuhr – wirklich, ein treffender Name für einen dieser Orte, die an den Rand der Großstädte verbannt werden! Dabei war er nicht heruntergekommen, sondern vielmehr sehr sauber. Zu sauber, um menschlich zu sein. Das ganze stank nach Ausgrenzung. Keine Fixpunkte. Telefonzellen und Werbetafeln markierten die Straßen zwischen den uniformen Gebäuden. Man drehte sich im Kreis inmitten all dieser Würfel, selbst ein Altphilologe wäre hier mit seinem Latein am Ende. Keine Schaufenster für einen Bummel, nur Mauern, und wenn man eine Strumpfhose kaufen wollte, mußte man sich in einen Tunnel von Schaufenstern begeben oder in riesige Einkaufszentren, gesäumt von elektronischen Strichcode-Lesemaschinen wie von Wachtürmen ... Und rums! Sie machte eine Vollbremsung, doch ihre Stoßstange umarmte schon mit Getöse eines jener kleinen grünen Monster der Straßenreinigung: In einiger Entfernung sah sie von hinten einen großen, schlaksigen Typ am Arm eines Mädchens seine Dreadlocks schwingen. Sie stauchte den Straßenfeger zusammen, der wegen der Farbkratzer an seinem Spielzeug meckerte und ließ ein paar Gramm Michelin-Gummi auf dem Asphalt, um das Paar einzuholen: Der Typ war um die dreißig und hatte eine finstere Visage, und die Kleine ein Gesicht wie aus der Werbung für Tiefkühlkost. Wütend schaltete sie gleichzeitig in den ersten Gang und das Radio auf volle Lautstärke, nur um das Sechs-Uhr-Wiederkäuen zu übertönen. An der nächsten roten Ampel zündete sie sich eine Zigarette an. In manchen Momenten gäbe man jeden Lungenkrebs der Welt, damit die Zeit schneller verstreicht!

Sie brauchte eine Dreiviertelstunde, um den Boulevard Périphérique zu erreichen, und fast noch mal so lange, um Paris zu durchqueren, weil das Ende einer Demo die Boulevards blockierte. Es war kurz nach sieben, als sie am Quai de la Loire im 19. Bezirk vor einem der alten Ziegellagerschuppen ankam, die die Zugbrücke über das Bassin de la Villette flankieren. Annick Favres Flugzeug hätte um 17.30 Uhr in Roissy landen sollen. Die Rechtsanwältin, die Trauzeugin von Baptiste, müßte also gerade ihre Mitbringsel aus der Mongolei auspacken. Agnès wollte sie erwischen, ehe sie wieder in ihren Pariser Trott eintauchte.

Mit Plastiktüten beladen, verschwand ein junges Pärchen fröhlich in dem kleinen dreistöckigen Gebäude. Agnès trat nach ihnen ein, sah auf dem Schild, daß A. Favre im zweiten Stock wohnte. Sie stieg die Treppe hinauf, klopfte, man ließ sie herein zu rund zehn Gästen, in die große zweigeschossige Wohnung, wo Zucchero kehlig einen großen Liebeskummer besang, ohne daß man ihr irgendwelche Fragen stellte.

«Annick kommt gleich, ihr Flieger hatte drei Stunden Verspätung», rief der bekiffte Typ, der ihr die Tür aufgemacht hatte, in den Raum, «nehmt euch was zu trinken, das Essen ist gleich fertig!»

Eine Stunde später biß Agnès in einen Hühnerschlegel und hielt ein Schwätzchen mit den Gästen, die sich vor den großen, geöffneten Fenstern drängten, unter denen der Kanal von L'Ourcq schillerte. Es war eine ausgelassene Überraschungs-Party von wohlsituierten Vierzigjährigen, die auf ihrer Fiesta zu den Klängen von *Queen* und *ZZ Top* Champagner schlürften. Agnès bediente sich kräftig an einer Platte mit lauwarmen Madeleines, pralle Köstlichkeiten, die im Mund zergingen. Plötzlich wurden Freudenschreie laut, ein paar klatschten, und dann sah sie sie, die Anwältin, ganz klein, in einen Poncho gehüllt, braungebrannt wie ein Bergsteiger, mit feuerroter Nase, funkelnden Augen, leuchtend hennarotem Haar. Annick hatte sich seit der Hochzeit von Baptiste und Gloria vor achtzehn Jahren kaum verändert, Agnès erkannte ihr Gesicht wieder, das sie auf Fotos gesehen hatte. Es war die gleiche Frau, ein bißchen faltiger, die Gesichtszüge weniger markant.

Agnès wartete die Juchhu-Rufe, die stürmischen Umarmungen, Ulan Bator, die kristallklare Luft und die grünen Steppen, den Sternenhimmel über der Mongolei und den Vollmond über der Wüste Gobi ab. Es dauerte, doch dann konnte sie schließlich einen kurzen Zwischenstop im 19. Pariser Arrondissement nutzen:

«Es ist vielleicht nicht der passende Moment, aber ich habe Sie bereits voller Ungeduld erwartet. Ich bin Baptiste Kadourés Schwägerin, die Schwester von Gloria. Wir müßten uns auf ihrer Hochzeit begegnet sein ...»

Die Anwältin machte keinen Hehl aus ihrem Unwillen, hatte sich jedoch sofort wieder im Griff und riß ihre vor Müdigkeit brennenden Augen weit auf:

«Ich erinnere mich, Sie waren damals noch ein kleines Mädchen, sehr keß ...»

«Ich war etwas über zwölf!»

Annick runzelte die Stirn, und mit einem kleinen, gezwungenen Lachen erkundigte sie sich:

«Wollen Sie mir meine Rückkehr verderben?»

«Meine Schwester ist ermordet worden», sagte Agnès.

Mit einem Mal war alles wie weggeblasen, die Wüste, der Vollmond, die Jurten und die Kamele, das Lachen, die funkelnden Augen, und es gab nur noch eine Mischung aus Ablehnung und Wut. Ihr die Rückkehr so zu verderben! Die stinkende Pariser Luft, der Stapel Rechnungen, der sie womöglich erwartete, und der Jetlag reichten doch völlig aus!

«Ich weiß, es ist nicht der richtige Moment!»

«Was ..., aber wo ..., wie?»

«In Granville. Eine Barbituratspritze!»

Annick ging es nicht besonders gut, sie schnappte vergeblich nach Luft wie ein Fisch auf dem Trockenen.

«Wer?»

«Wenn ich das wüßte, wäre ich nicht hier!»

In diesem Augenblick spürte Agnès, wie ihre Beine nachgaben, sie hockte sich auf die Armlehne eines Sessels, alles um sie herum verschwamm. Von einer ockerfarbenen

Sandwolke umhüllt, sah sie wie durch ein Fischauge, daß Annick Favre sich zu ihr beugte und fragte:

«Was wollen Sie?»

Sie lächelte nicht. Sie war mit ihren vierzig Jahren und ihrer von der Sonne des großen Steppenreichs ausgetrockneten Haut fad und bitter geworden!

«Verstehen», hauchte Agnès völlig benommen, «den Tod von Baptiste, von Gloria ... und ... das Verschwinden ihres Sohnes...»

«Elvis?»

«Seit vier Tagen.»

Annick dachte nach, mürrisch, besorgt.

«Sie sind die einzige Spur um Gloria und Baptiste, die mir geblieben ist», beharrte Agnès, der es allmählich wieder besserging. «Die beiden hatten sehr wenige Freunde ... Sie kannten Baptiste gut...»

«Wir haben zusammen studiert. Damals standen wir uns sehr nah, er war mein bester Freund. Wir haben uns niemals wirklich aus den Augen verloren, aber die letzten Jahre ging Baptiste so weit...»

«Genau das interessiert mich.»

«Seine Reise nach Zaire im Jahre 1993 hatte ihn zutiefst deprimiert. Als hätte er dort unten, in der Region der großen Seen, alle Hoffnung für Afrika verloren. Er wußte schon, was in Ruanda passieren würde, die ethnischen Säuberungen und ihre Konsequenzen. Er hat mir damals erklärt, wie sehr er es bedauerte, nicht mehr für sein Land getan zu haben. Er war stets mit anderen dringenden Fällen beschäftigt gewesen. Wie Sie wissen, wurde er in Maroua, im Norden Kameruns geboren, eine Savannenregion zwischen dem Tschad und Nigeria. Sein Cousin Youssouf war nach dem Studium in Frankreich in die Heimat zurückgekehrt, er war für die Raumordnungspolitik in der Region von Maroua verantwortlich. Damals haben sie begonnen, ein Projekt zu entwickeln...»

«Das Bauernhof-Projekt?» murmelte Agnès, die versuchte, ihren ganzen Verstand zusammenzunehmen, der unter einer dichten Nebelschicht lag.

«Sie sind auf dem laufenden?»

«Ich bin auf einen Artikel gestoßen, in dem von seiner Beteiligung an diesem Projekt die Rede war.»

«Baptiste hütete dieses Vorhaben wie seinen Augapfel. Er glaubte nicht mehr daran, daß man gegen etwas ankämpfen könne, und hielt es für besser, sich gezielt für eine Sache einzusetzen.»

«Nouredine Naoud hat mir versprochen, den Tod von Baptiste völlig aufzuklären.»

Der Namen des Ägypters ließ einen Schatten über Annicks Gesicht huschen. Trotz ihres halb-komatösen Zustands war das für Agnès ein Hoffnungsschimmer.

«Kennen Sie ihn?»

«Ja ... Nein ..., nun, ich kenne ihn eigentlich nur dem Namen nach, und...»

«Hören Sie, lassen wir die Haarspalterei! Wußten Sie das von Gloria und ihm?»

«Ja», sagte die Anwältin schließlich, die offensichtlich sehr verschwiegen sein konnte, das gehörte schließlich zu ihrem Beruf. «Ich habe es zufällig erfahren, ich bin Gloria und Naoud in der Opéra Bastille begegnet. Sie saßen genau zwei Reihen vor mir. In der Pause hat Gloria mich gesehen. Sie hat mich begrüßt. Am nächsten Tag rief sie mich an, in der darauffolgenden Woche haben wir zusammen zu Mittag gegessen. Ich habe ihr gesagt, sie hätte nichts zu befürchten, ich hätte nichts gesehen. Und das stimmte auch, sie war so unglaublich verliebt, daß es dafür keine Worte gab!»

«Glauben Sie, es ist möglich, Baptistes Unterlagen wieder aufzutreiben?»

«Wir hatten unsere Kanzleien in demselben Gebäude in Belleville, in der Nähe der Place des Fêtes. Wir mußten es sechs Monate nach dem Tod von Baptiste räumen. Es wurde zur gleichen Zeit wie zwei Nachbargebäude durch einen Brand völlig verwüstet. Sicherlich hatte die Baugesellschaft dabei ihre Finger im Spiel. Wenn sie mal mit der Zerstörung eines Viertels begonnen haben, sind störende Gebäude besonders leicht entflammbar.»

Agnès fühlte sich ebenfalls ziemlich verwüstet, und obwohl sie nicht besonders viel getrunken hatte, gerade mal drei oder vier Gläser Champagner, stieg Übelkeit in ihr auf und verursachte einen Brechreiz. Sie hörte nicht mehr, was Annick sagte, sie war in einem furchtbar verschwommenen Kaleidoskop inmitten aller Blumen der mongolischen Taiga verloren.

«Entschuldigen Sie», stieß Agnès hervor, die das Gefühl hatte, auf Baumwolle zu beißen, «ich glaube, ich muß mich übergeben.»

Annick half ihr, noch rechtzeitig zur Toilette zu kommen. Agnès beugte den Kopf über die Klobrille, dann war alles um sie herum von einem tiefen Weiß, in dem sie versank.

Sie erwachte in einem der Zimmer, die Sonne schimmerte leicht durch die Vorhänge. Etwas schaukelte sie zusammen mit Bett und Matratze. Als sie durch ihre Wimpern blinzelte, konnte sie ein Pärchen erkennen, das neben ihr zärtlich vögelte. Das Mädchen, das auf dem Typen saß, trug ein kleines Top, das ihre Brüste umspannte, und ritt ihn. Sie rief Yippi und Hoppe-Hoppe-Reiter, es schien ihr zu gefallen, sie war hinter irgendwas her. Agnès schloß die Augen, sie war noch ganz benommen. Was hatte man ihr bloß ins Glas getan, daß sie in einem solchen Zustand war? Neben ihr wurde die Verfolgungsjagd immer schneller, dann schien das Mädchen bekommen zu haben, wonach sie gesucht hatte, und der Typ unterdrückte ein Stöhnen... Plums! Das Mädchen mußte auf dem Typen zusammengesunken sein, sie rangen noch nach Atem, Agnès öffnete vorsichtig ein Auge und sah sich unverhofft dem leeren Blick des Mädchens gegenüber:

«Geht's besser?»

«Offensichtlich», kicherte Agnès, zufrieden darüber, daß das Mädchen als Siegerin über die Zielgerade gegangen war!

«Das war gemein, sie hätten Sie vor den Madeleines warnen müssen.»

«Die Madeleines?»

«Da war Shit drin! Sie haben sie offensichtlich wie ganz normale Kekse gegessen, also, zusammen mit dem Alkohol ...»

Sehr witzig, dieser Unsinn à la Woodstock. Agnès sah auf dem Radiowecker, daß es schon fast neun Uhr war, Mist, sie hatte ihren ersten Patienten um zehn!

«Annick ist schon weg, sie hat gesagt, sie ruft Sie an.»

Als sie über den Pont de Saint-Cloud fuhr, kam Agnès allmählich wieder zu sich. Sie war wütend, weil sie blöderweise ihr Gespräch mit Annick abgekürzt hatte. Nun mußte sie ihr hinterherlaufen.

Es war zehn, als sie vor der *Auberge* eintraf. Sie hastete in die Küche, die Fenster des Restaurants waren weit geöffnet, es roch nach Essen und abgestandenem Rauch. Gestern mußte es voll gewesen sein.

«Ah! Ah! Ah! Shiatsu!»

Dieses Niesen sagte Agnès etwas, die nicht die Muße hatte, lange in ihrem Gedächtnis zu kramen: der Hongkong-Chinese, den sie auf dem Rückflug von Tokio getroffen hatte, marschierte geradewegs auf sie zu, das Gesicht bis zu den Ohren zu einem Grinsen verzogen, zwei Striche anstelle der Augen; er hätte sich keinen besseren Zeitpunkt aussuchen können!

«*Wonderful french food! Marvellous!*»

Er verbeugte sich leicht zur Begrüßung, «Ihre Mama ist wunderbar, *what a such nice place*», und wollte eine

Shiatsu-Massage – deswegen sei er extra gekommen – und nieste heftig. Er folgte Agnès in die Küche und in seinem chinesischen Englisch erklärte er ihr, er habe an diesem Abend einen Termin in einer Bankfiliale in einem Vorort im Westen von Paris, einige Kilometer von hier. Wenn sie einverstanden sei, könne man sich dort treffen und in der Nähe des Eiffelturms gemeinsam zu Abend essen.

Agnès schenkte sich eine Suppenschale voll Kaffee ohne Zucker ein und sah auf die Uhr. Sie war spät dran. Schließlich sagte sie «O.k.!», in Augenblicken großer Anspannung soll man locker bleiben, «wenn man aufhört zu suchen, findet man» sagen die Orientalen. Sie verabschiedete sich von Hongkong-Star und machte sich zu ihrem ersten Patienten auf den Weg, ein hochgradig Selbstmordgefährdeter, dessen einzige Perspektive Prozac war, und der Anspruch hatte auf ein viertelstündiges Schwätzchen und eine halbe Stunde Shiatsu im Kopf- und Halsbereich. Nach drei Sitzungen hatte er es geschafft, seine Dosis auf die Hälfte zu reduzieren. Sie hörte geduldig einem Rentner zu, der seine Frau nicht länger ertrug und jede Nacht davon träumte, sie umzubringen. Er hatte so viele Argumente, daß Agnès Lust hatte, ihm zu sagen: «Los, befreien Sie sich ein für allemal von ihr, aber machen Sie es unauffällig!»

Um fünf fuhr Agnès zur Bankfiliale des Chinesen. Er wartete schon auf sie. Als er in den Käfer einstieg, raunte er, er sei ganz verrückt nach europäischen Fahrgestellen, ohne daß Agnès hätte sagen können, ob er von ihr oder ihrem Auto sprach. Doch es blieb keine Zeit, diese Frage zu vertiefen. Ein Bild traf ihre Netzhaut stärker als ein halluzinogener Pilz: Ein großer Schwarzer mit weißen Haaren stieß Elvis in einen Geländewagen, der sogleich anfuhr. Ein Trugbild? Ihre Hände zitterten beim Versuch, den Motor anzulassen, der nicht anspringen wollte. Sie fing an zu fluchen; «Eiffelturm?» witzelte der Chinese, sie fuhr ihn an, er solle die Klappe halten, und preschte hinter dem Wagen her. Sie war schweißgebadet; «*You're looking so nervous*!» Das konnte man wohl behaupten, ihre Augen waren weit aufgerissen und starr auf den Geländewagen gerichtet. Sie fuhr Slalom zwischen Fußgängern und Autos. Wenn der Chinese jetzt einen Spruch losließe wie «Frau am Steuer, das ist nicht geheuer», würde sie ihn in den erstbesten Gully befördern. Der Geländewagen hielt vor einem für diese Gegend etwas zu schicken Gebäude aus der Vorkriegszeit, Agnès schaltete den Motor ab. Der große Schwarze stieg als Erster aus, und Elvis – denn er war es wirklich, da gab es gar keinen Zweifel –, Elvis folgte ihm wortlos. Agnès mußte sich beherrschen, um nicht brüllend aus dem Auto zu springen. Vielleicht war der Schwarze bewaffnet. Nicht der geeignete Augenblick, um Geballer zu provozieren. Sie verschwanden in dem Gebäude, Agnès ließ den Schlüssel stecken und herrschte den Chinesen an, er solle sich um das Auto kümmern. Glück gehabt, um diese Zeit kam man ohne Sicherheitscode ins Haus. Sie hörte sie noch die Treppen hinaufsteigen und beschleunigte ihre Schritte. Die beiden betraten die Wohnung im vierten Stock rechts und schlugen die Tür hinter sich zu. *M. et Mme Lassion* war auf dem Namensschild zu lesen, Agnès versuchte, ihre Gehirnwindungen in Schwung zu bringen, doch das ist schwer, wenn einem das Herz rast, als hätte es gerade den Sprint seines Lebens hingelegt. Sie klingelte. Der alte Schwarze, der in der Tür stand, hatte ein widerwärtiges, verschlossenes Gesicht und kleine mißtrauische Augen. Sein geschniegelter Anzug, sein bläuliches Hemd und die blankgewichsten Schuhe hätten ihn nicht als Klosterbruder durchgehen lassen.

«Entschuldigen Sie», sagte sie vollkommen kopflos, «ich komme von der alten Dame von unten, die gerade einen Anfall hatte. Sie hat kein Telefon, kann ich bei Ihnen den Notarzt anrufen?»

Das war ihr gerade so eingefallen, in großen Wohnhäusern gibt es immer eine alleinstehende alte Frau, die *ganz allein* lebt, bereit, inmitten ihrer Inkontinenz-Laken und Gläschen mit Babynahrung den Löffel abzugeben. Der Typ schien Mitleid zu haben, er wagte es nicht, ihre Bitte abzuschlagen. Unterlassene Hilfeleistung, das kann einen für ein Weilchen aus dem Verkehr ziehen.

«Bitte, kommen Sie herein!»

In der Mitte des Wohnzimmers saß Elvis in einem Sessel und wirkte vollkommen verändert. Er schien mit einem Schlag ein oder zwei Jahre älter geworden zu sein, er wirkte perplex, die Augen waren geweitet und sein Blick verschwommen, dieses alte Schwein hatte ihn unter Drogen gesetzt! Das konnte heiter werden!

«Was hast du hier verloren?» schnauzte er sie an.

Agnès stürzte sich auf ihn, um ihn mit ihrem Körper zu schützen, der Alte sah sich überrascht um. Agnès konnte sich nicht länger beherrschen:

«Lassen Sie ihn gefälligst in Ruhe, verdammt, rühren Sie ihn ja nicht an, wenn Sie einen Schritt näherkommen, fange ich an zu schreien! Zuerst müssen Sie mich abknallen!»

Der Tod konnte kommen, sie war bereit, schade!

Doch Elvis, dieser Idiot, umklammerte sie und sagte ihr, sie solle sich beruhigen. Dem Armen hatten sie offensichtlich eine Gehirnwäsche verpaßt. Der Bursche war stark, er hielt ihr die Hände fest und sie konnte nichts gegen ihn ausrichten.

«Das reicht, Agnès, verdammt! Was ist bloß in dich gefahren?»

Er zwang sie, sich aufs Sofa zu setzen:

«Ich möchte dir Youssouf vorstellen, den Cousin meines Vaters!»

Agnès sah den großen Schwarzen an, und von einer Sekunde auf die andere schossen ihr salzige Tränen in die Augen.

«Warum hast du mir das angetan?» schluchzte sie.

«Hör auf mit dem Scheiß! Ich wollte nicht, daß du deine Nase in diese verworrene Angelegenheit steckst. Es war eher zu deinem Schutz!»

«Zu meinem Schutz? Aber ist dir eigentlich klar, in welcher Verfassung wir seit fünf Tagen sind?»

«Ich bin sechzehn, verdammt noch mal! Ich weiß, daß ich für Moune, José und dich erst achteinhalb bin, aber genau das geht mir langsam tierisch auf den Sack!»

Agnès sah ihn ungläubig an, er wirkte auf sie noch viel größer als gewöhnlich, er war ein richtiger Mann, und er brüllte sie einfach so an. Sie mußte Halluzinationen haben, wahrscheinlich erneut die Wirkung der Madeleines!

«Du hättest uns wenigstens Bescheid sagen können!»

«Ich hatte keine Lust, irgendwelche Erklärungen abzugeben, Moune hätte ihre übliche Nummer abgezogen.»

«Aber ich bin nicht Moune, verdammt noch mal!»

«Glaubst du, ich hätte nicht gesehen, welchen Zirkus du mit diesem Bullen abgezogen hast? Das hier ist Youssoufs und meine Angelegenheit, die geht die Polizei schon gar nichts an!»

«Der Bulle aus Granville? Ich bin mit dem Kerl doch nicht verheiratet, verflixt und zugenäht, der ist mir scheißegal!»

«Diesen Eindruck hatte man aber nicht immer!»

Agnès war baff. Sie hatte nicht die Kraft zu brüllen. Dieses kleine Arschloch!

«Wir haben uns wirklich Sorgen gemacht», brachte sie schließlich heraus, um die Sache herunterzufahren.

Elvis seufzte. Zu voller Größe aufgerichtet, geschniegelt und gebügelt, mit flatternden Augen schwebte er drei Meter über dem Boden. Er konnte nicht leugnen, daß er wirklich zugedröhnt war!

«Ich hatte mit Youssouf Dinge zu regeln!»

«Dinge?»

«Ich habe ihn angerufen, bevor wir nach Granville gefahren sind, um Mama zu sehen. Er hat sofort den nächsten Flieger genommen. Ich habe ihn am Flughafen abgeholt, und dann hatten wir ständig zu tun ...»

Zu tun? Agnès versuchte vergeblich, die Wimperntusche abzuwischen, die ihr den Hals hinunterlief. Sie sah, wie Elvis eine Keksdose aus seiner Sporttasche zog.

«Youssouf mußte unbedingt das wiederbekommen!»

Er machte die Dose auf. Anstelle der Butterkekse lagen dort fein säuberlich mit Gummibändern zusammengehaltene Hundert-Dollar-Bündel nebeneinander. Zwanzig Päckchen à hundert Scheine, das machte ungefähr ... eine Million! Agnès zitterte vor Kälte, kalter Schweiß rann ihr über den Rücken. Was hatte Elvis angestellt, in welchem Schlamassel steckte er?

«Dieses Geld gehörte meinem Vater. Nur Mama und Youssouf waren berechtigt, den Safe zu öffnen. Ich wußte, wo Mama den Schlüssel und die Papiere versteckte, mit denen man Zugang zum Safe hatte. Dafür mußte ich sogar ihre Unterschrift fälschen. Aber das war nicht schwer, ich habe nämlich immer selbst meine Zeugnisse unterschrieben. Das brachte Mama und mich zum Lachen!»

Agnès' Gehirn lief auf Hochtouren. Elvis hatte ihr von Anfang an einen Bären aufgebunden!

«Du hattest die Sachen deiner Mutter schon vor meinem Eintreffen durchsucht?»

«Ich brauchte nichts zu durchsuchen, es war alles in ihrer Nachttischschublade. Sie hatte mir gesagt: ‹Falls mir etwas zustößt, nimm den gelben Umschlag und ruf Youssouf an ...›»

Agnès war wie vor den Kopf gestoßen. Gloria hatte sie wohl für total beschränkt gehalten. Sie hatte es vorgezogen, sich einem sechzehnjährigen Kind anstatt ihr anzuvertrauen. Und Elvis, wie konnte er ihr davon nichts sagen?

«Und sie hat dich gebeten, mir nichts davon zu sagen?»

«Sie dachte, daß dich ihre Geschichten nicht interessieren!»

Agnès sackte in sich zusammen. Wie eine Frucht, aus der man das Mark herausgepreßt hatte. Reif für den Müllschlucker. Es stimmte, sie interessierte sich nicht für die Geschichten ihrer Schwester. Sie war gerade noch fähig, bei jeder Gelegenheit in der Scheiße herumzustochern, doch niemals auf andere zu achten …

«Eigentlich ist es verständlich, Sie hatten damit rein gar nichts zu tun. Sie kannten Baptiste kaum», sagte Youssouf, um die Wogen zu glätten.

Sein Gesicht, das wie gegerbtes Leder war, spiegelte die Ruhe wider, zu der man wahrscheinlich nur findet, wenn man keine Hoffnungen mehr hat, aber dennoch weiter machen will, um jenseits des Pessimismus' den Enthusiasmus wiederzufinden. Das erschien Agnès wie eine Ermutigung. Eine Zen-Lektion. Zum ersten Mal sprach Gloria endlich zu ihr, nahm in ihr Raum ein. Sie bedachte den Schwarzen mit einem mühseligen Lächeln und fragte dann:

«Woher stammt dieses Geld?»

«Es ist für das Projekt meines Vaters im Norden von Kamerun bestimmt …»

«Die Schule und der Bauernhof?»

«Ja … Jemand hat dieses Geld unterschlagen, mein Vater hat es wiederbeschafft und …»

Agnès hörte, wie jemand die Wohnungstür öffnete. Eine niedliche Rothaarige trat ins Zimmer, flog in Elvis' Arme, und sie küßten sich wie in einer Werbung für den unverfälschten Genuß der reinen Arabica-Bohne.

Agnès wußte nicht mehr, wo ihr der Kopf stand. Unter der wunderschönen, kupferfarben leuchtenden Mähne verbarg sich eine Fee, golden schimmernd, verheißungsvoll wie ein schottisches Bier, das einem an einem Sommertag bei großem Durst durch die Kehle rinnt. Mit ihr würde die Sonne immer aufgehen. Ihr Mund hatte die cremige und glänzende Blässe eines Bonbons, ihre Wangen die vollkommene Zartheit einer Pfirsichblüte, eine Lolita erster Güte, die selbst einem Lahmen den Mund wässrig gemacht hätte.

«Zieh nicht so ein Gesicht», lachte Elvis. «Ich möchte dich mit Julie Lassion bekannt machen, Agnès, meine Tante!»

Agnès hatte ihren Namen noch nie gehört, und in der Schule ahnte offensichtlich niemand auch nur das Geringste von der Romanze zwischen Elvis und diesem Mädchen.

«Sie geht in die letzte Klasse des Gymnasiums in Boulogne. Youssouf und ich haben uns hier bei ihr eingenistet, um unsere Dinge zu regeln. Ihre Eltern sind nicht da, und das haben wir natürlich ein bißchen ausgenutzt...»

Das Lachen der Fee klang hübsch, sie hatte wirklich etwas Magisches an sich, wegen des Feuers ihrer Haare, deren eindrucksvolle Fülle an Vulkanlava erinnerte, und wegen des sinnlichen Ausdrucks in ihren Augen, wenn ihr Blick auf Elvis fiel. Das war also Elvis' Droge. Ein riesengroßer Joint reinste *Sinsemilla.* Zu welchen Wundern Mädchen fähig sind, wenn sie zärtlich einen Jungen umgarnen! Vielleicht verwandelt sich jeder Mann in einen Engel, nachdem er das Geschenk einer ersten Fee Lassion empfangen hat. Dieser seidenweiche Knabe mit dem entrückten Blick, das war der neue Elvis, zukünftiger Premierminister, der kungelte, um die Millionen seines Vaters wiederzubekommen.

«Komm schon, Agnès, ein kleines Lächeln, es ist alles in Ordnung!»

Alles außer ihr, sie war auf einmal seelisch ziemlich angeschlagen. Ungefähr so mußte sich jemand fühlen, den man ohne Vorwarnung mit zweiundfünfzig in den Vorruhestand schickte, mit einem Schlag gealtert, wie man so sagt: Feen, Märchenprinzen, Zauberstäbe waren bei ihr nicht vorgesehen! Märchen waren verboten für Leute über achtzehn.

«Wir wollten diesen Sommer mit dem Geld nach Kamerun fahren», fuhr Elvis fort. «Das hatte meine Mutter beschlossen. Seit dem Tod meines Vaters wartete dieses Geld. Ich weiß nicht, warum meine Mutter so lange gezögert hat. Sie hat mir erst vor drei Monaten von dieser Sache erzählt.»

Youssouf reichte Agnès ein blaues Blatt Papier. Sie erkannte Glorias runde Handschrift wieder. Der Brief war auf den 22. März datiert. Der Tag nach Agnès' Abreise nach Japan:

Youssouf,
Weihnachten habe ich dir gesagt, daß ich wegen Baptistes Erbe demnächst eine Entscheidung treffen würde. Das ist geschehen. Elvis und ich werden Anfang Juli kommen. Wir werden auch nicht vergessen, dir deine Lieblingskekse mitzubringen. Es ist nicht nötig, daß ich sie als Frachtgut schicke...

«Einer meiner Cousins arbeitet seit kurzem am internationalen Frachtgutschalter», erklärte Youssouf. «Es wäre ein leichtes für mich gewesen, das Geld in Empfang zu nehmen, ohne daß sich die beiden auf die Reise machten, doch ihr lag sehr viel daran, wegen Elvis.»

«Sie sagte, wir würden dort unten mit Youssouf arbeiten, wir wären es meinem Vater schuldig», fuhr Elvis, in die Arme seiner Freundin geschmiegt, fort.

Agnès streifte kurz der Gedanke, daß selbst dieses Mädchen das Recht gehabt hatte, sein Geheimnis mit ihm zu teilen! Das war doch wirklich ein starkes Stück!

«Als Mama starb, habe ich mir gesagt, daß der Zaster so schnell wie möglich dorthin muß, bevor ihn die Bullen finden.»

«Ich verstehe», stammelte Agnès.

Sie kriegte keine Luft. Sie dachte daran, wie einige Leute in dem japanischen Kloster ausgerastet waren. Sie willigten ein, sich wochenlang ins *zazen* zu versenken, saßen dabei zwölf Stunden täglich im Lotus-Sitz, nur unterbrochen von einer kleinen rituellen Bewegungspause jede Dreiviertelstunde. Und dann, eines Tages, unternahmen sie den Abstieg in die Abgründe ihrer Seele, sahen sich zum ersten Mal mit ihrer eigenen Dummheit konfrontiert, ein unergründlicher Brunnen, der ihnen ihr ganzes Leben lang verborgen gewesen war, und sie brachen mit tagelangem hohem Fieber zusammen. Dort befand sich jetzt auch Agnès: auf dem Grunde eines ekelerregenden Brunnens, der sie anwiderte und den alle Menschen um sie herum genauestens kannten: Gloria, Elvis, ihr Ex-Mann, all ihre verflossenen Liebhaber. Sie war eine Niete! Sie erstickte. Youssouf reichte ihr ein Glas Wasser. Sie warf ihm einen flehenden Blick zu:

«Du wirst mir alles erklären müssen, Youssouf.»

Nach einem halbstündigen Abriß sah Agnès langsam klarer: eine Vereinigung mit einem sogenannten humanitären Ziel unternimmt 1991 den Versuch, in einem Zug sowohl die Arbeitslosigleit im französischen Departement Oise als auch die Not in Afrika zu bekämpfen. Junge Arbeitslose sollen beim Aufbau eines Selbsthilfe-Bauernhofs in Kamerun mitwirken. Zur Finanzierung des Projekts sind Unternehmen, Kommunen und Privatleute aufgerufen: verschiedene Sammlungen, Sponsoren, Zuschüsse ... Innerhalb nicht ganz eines Jahres kommen drei Millionen zusammen, abzüglich 25 Prozent Verwaltungskosten bleiben 2,2 Millionen. Eine Million wird auf das Konto der Kameruner Vereinigung überwiesen. Unter Youssoufs Aufsicht wird das Gelände gerodet, ein kleines Gebäude aus den Mitteln vor Ort gebaut, um in der ersten Zeit die Ausbildung junger Landwirte zu ermöglichen. Mit der anderen Million soll der

Aufenthalt von rund zehn Arbeitslosen in Afrika finanziert werden. Doch das Geld kommt niemals an, die Arbeitslosen sind weiter arbeitslos, und das Gebäude wartet auf dem gerodeten Gelände. Ein Abgeordneter, der von der Sorge um den für ihn vielleicht fatalen Ausgang einer Wahl mit drei Kandidaten aufgefressen wird, langte in die Kasse! Das hat Baptiste zumindest nach monatelangen Recherchen herausgefunden. Der Abgeordnete winselt und verspricht: «Das ist nur eine Frage der Kassenführung.» Er zahlt 200 000 Franc zurück, mit denen Youssouf etwas Material für die Ausbildung kaufen kann. Dank Baptistes Bemühungen bei der europäischen Kommission bekommt das entstehende Selbsthilfeprojekt Unterstützung von zwei dänischen Dozenten, die mit der Ausbildung junger Kameruner beginnen. Das Projekt hält sich mühsam über Wasser, Youssouf tut alles, um es am Leben zu halten. Der Abgeordnete verspricht, nach den gewonnenen Wahlen das Geld zurückzuzahlen. Doch der Idiot verliert!

«Verdammter Abgeordneter, die Franzosen leiden wirklich unter Geschmacksverirrung!» murmelte Agnès.

«Baptiste hatte dem Kerl dermaßen Angst gemacht, daß er schließlich die fehlende Million lockermachte. Baptiste hat das Geld in einem Safe deponiert, er wollte es uns persönlich überbringen. Wir erwarteten ihn Ende September, er starb zwei Wochen vorher!»

Agnès wandte sich an Elvis, doch er war gerade damit beschäftigt, seine Rothaarige zu knutschen, also fragte sie Youssouf:

«Glaubte Gloria, daß Baptiste wegen dieser Geschichte getötet wurde?»

«Das weiß ich nicht. 1994 – das war die Zeit, in der die Massaker in Ruanda begannen – fing Baptiste an, rotzusehen. Er hatte beschlossen, sich zu widersetzen.»

Hatten sich noch andere Dinge ereignet? Hatte Gloria ihrerseits beschlossen, das Chaos zu durchleuchten?

«Und was ist aus diesem Abgeordneten geworden?»

«Er kandidiert bei den nächsten Wahlen, er gilt als Favorit», erklärte Elvis. «Meine Mutter hatte mir einige Artikel über ihn gezeigt ...»

Das wollte Agnès einfach nicht in den Kopf. Eine Million, das war viel Geld!

«Ein oder zwei Presse-Referenten, die Vollzeit arbeiten, das geht schnell! Meetings, Bankette ...», warf Youssouf lakonisch ein.

«Und wie ist der Stand des Projekts?»

«Wir haben zwei Hektar kultiviert, aber die Erträge sind sehr gering, man müßte in den Bau einer Bewässerungsanlage investieren und zwei Lastwagen zum Transport unserer Erzeugnisse kaufen.»

Dennoch konnte Agnès diese Geschichte nicht begreifen:

«Seit vier Jahren wußtet ihr, daß dieses Geld da ist und euch gehört, ihr hattet das Recht, es euch zu holen und ...»

«Es war Baptistes Erbe! Er hatte es wiederbeschafft. Daß Gloria es vorzog, es für Elvis zu behalten, erschien mir normal. Nach Baptistes Tod habe ich Gloria besucht. Wir haben lange miteinander gesprochen. Sie wußte alles über das Projekt. Doch sie hatte schreckliche Angst, mit Elvis allein dazustehen, Angst, seine Ausbildung nicht bezahlen zu können. Sie sagte, daß ihre Mutter verantwortungslos handle, und die *Auberge* von heute auf morgen schließen könne ...»

«Da hatte sie nicht unrecht», meinte Agnès.

«Sie beschloß, abzuwarten ...»

«Genauer gesagt, sie sorgte dafür, daß die *Auberge* schwarze Zahlen schrieb.»

«Vielleicht. Wir haben das Geld in einem Safe auf unser beider Namen deponiert und gesagt: Wir warten erst mal ab. Elvis hatte seinen Vater für Afrika verloren, das war schon viel.»

Ja, das war zuviel. Agnès stellte sich vor, wie Gloria und Elvis in Kamerun eintrafen. Die Freude, die es Gloria bereitet hätte, zu sehen, wie Baptistes Projekt wieder Aufwind bekam ...

Ihr hingegen war die Luft ausgegangen. Sie war am Ende ihrer Kräfte. Ihr fiel ein chinesisches Sprichwort ein: «Wenn du den Gipfel des Berges erklommen hast, klettere weiter.»

BLOND

«Sie dürfen ihn nicht überanstrengen», bat die blonde Krankenschwester eindringlich.

Der Schiffbrüchige, der von seinem Kameraden auf dem Landungssteg der Chausey-Inseln niedergestochen worden war, lag in seinem Krankenhausbett und öffnete mühsam ein Auge.

«Ich verspreche Ihnen, meine Schöne», sagte Maurice, «selbst wenn ich mich aufrege, kann ich ganz ruhig bleiben!»

Die kleine Blondine seufzte, als sie die Tür hinter sich schloß, sie war reizend. Maurice zog sich, während er auf seinem ausgegangenen Zigarillo herumkaute, einen Stuhl ans Bett. Mit seinen ausgebleichten Haaren und Augenbrauen war der Bursche fast ein Albino, er sah nicht gut aus, eher wie mit Grünspan überzogen. Selbst jemand, der nicht farbenblind war, hätte Schwierigkeiten gehabt, ein wenig Rot auf seinen Wangen zu entdecken, die so bleich waren, daß seine Kopfkissen dagegen geradezu sonnengebräunt wirkten.

«Kommissar Laice. Sehr erfreut », sagte Maurice, «Lemerle, ich erspare dir die üblichen Höflichkeitsfloskeln, ich sehe, du hast heute nicht deinen besten Tag. Ich werde dich auch nicht nach deinem Vornamen, deiner Adresse und der deiner Eltern fragen, das können wir später nachholen, du kommst ohnehin vom Krankenhaus direkt in den Knast. Genieße also deine Zeit hier, denn die Gefängniswärter sind wesentlich weniger sexy als die Blondine, die dich offenbar ins Herz geschlossen hat ...»

«Ich habe nichts getan», jammerte der Typ.

«Das ist mir egal! Ich erzähle dir eine Geschichte, und du hilfst mir, wenn ich eine Lücke habe.»

«Dazu haben Sie kein Recht!»

«Wie bitte? Soweit ich weiß, gibt es noch das Recht auf freie Meinungsäußerung! Ich bin echt ein netter Kerl! Nutz die Gelegenheit, denn mein Kollege Périni, du wirst sehen, der ist ein ganz anderes Kaliber, der ist scharf wie eine von diesen Chilischoten, die dir das Maul verbrennen.»

Der in seinem Tropf verhedderte Albino rollte aufgeregt mit den rötlichen Augen.

«Ich fasse zusammen. Es war einst ein kleines Segelschiffchen, das exotische Fische in Mauretanien abholt, anschließend geht es weiter nach Madeira, wo der Zoll unter der Knute der dort ansässigen Firma steht, dann segelt es unter portugiesischer Flagge durch die Meere Europas, um die Aquarien von Granville, Dieppe oder Knokke-le-Zoute zu beliefern, aber das spielt keine Rolle. Was mich interessiert, sind die exotischen Fische, die Lungen und Beine haben und nicht sonderlich für Meereskunde-Museen geeignet sind, irgendwo müßt ihr die ja absetzen ..., erste Lücke!»

«Ich weiß nichts.»

«Dein Kollege behauptet, du seist derjenige, der am Ruder saß. Offensichtlich hast du keinen ausgeprägten Orientierungssinn, wenn man bedenkt, daß du zur falschen Zeit die falsche Richtung eingeschlagen und den Sampan auf den Zahnstummeln der Chausey-Inseln durchlöchert hast.»

«Die Maschinen liefen nicht mehr, und das Unwetter tobte schon seit drei Tagen.»

«Das sagst du mir? Weißt du, ich bin eigentlich kein besonderer Seemann! Aber du kannst mir nicht weismachen, daß jemand, der ein reines Gewissen hat, nach einem Schiffbruch versucht, klammheimlich zu verschwinden und bereit ist, einen Kollegen niederzuschlagen, weil der die Absicht hat, die Schäden zu melden. Denn so war es doch. Der kleine Neuling, der dir dein Messer in den Bauch gerammt hat, der ist doch nicht auf den Kopf gefallen? Du hast ihn bedroht, weil er alles der Polizei sagen wollte.»

«Das will ich nicht alles auf meine Kappe nehmen!»

«Wenn du so weitermachst, riskierst du, für recht lange Zeit hinter schwedischen Gardinen zu verschwinden, da wirst du keine Kappe brauchen. Denn ich glaube nicht, daß die Richter Sklaverei sehr lustig finden. Bei dieser Art von Scherzen reagieren sie äußerst ungemütlich.»

«Wir sollten in der Nähe von Coutainville vor Anker gehen.»

«Sieh an, du machst Fortschritte! Und wer war der Auftraggeber?»

«Das weiß ich nicht...»

«Du willst die Leute schützen, die dich als erstes hochgehen lassen, du hast nicht viel Grips! Die vorletzte Lieferung, ich weiß nicht, ob du dabei warst, aber die Leute sind spurlos verschwunden. Das dumme ist nur, daß dein Chef beim Schiffbruch ums Leben gekommen ist. Ich befürchte nämlich, daß dir diese Kappe etwas zu groß sein wird. Für wen war die Lieferung?»

Der Albino war echt am Ende, und die Angst zog ihm den Tropf zusammen.

«Es sind Fischgroßhändler, eine Art Konservenfabrik...»

«Die billige Arbeitskräfte brauchen, damit sich der eingeschweißte Kabeljau rechnet! Und wie heißen sie, diese Kerle, die über ihrem linken Lungenflügel einen Taschenrechner sitzen haben?»

«Das weiß ich nicht. Der Boss gehörte nicht zu der Sorte Mensch, die einem ihr Herz ausschütten ...»

«Sie müssen ihn jetzt in Ruhe lassen, Kommissar», seufzte die Blondine, die hereingekommen war und den Puls des Verletzten fühlte. «Er braucht Ruhe!»

Drei Stunden später brütete Maurice in seinem Büro vor einer Liste mit fünfundzwanzig Namen von Fischgroßhändlern des Departements. Er hatte die Karteien durchforstet. Nichts! 1992 hatte die Konservenfabrik Sénapi Ärger mit der Gesundheitsbehörde. Sie hatten den Laden für drei Monate geschlossen. Äußerst spannend! Maurice zog wie ein Verrückter an seinem Zigarillo, er hatte nicht die Zeit, allen die Hand zu schütteln, Périni konnte ihm jeden Augenblick auf die Pelle rücken, und dann fiele die Geschichte nicht mehr in sein Ressort. Der Typ hatte Coutainville gesagt. Momo ging noch einmal die Seite durch. Er kürzte die Namensliste, indem er alle Unternehmen strich, die mehr als dreißig Kilometer von Coutainville entfernt lagen. Blieben zehn Namen übrig.

Er mußte schnell machen. «Poisons panés» (Gift in Panade) hatte Verjot geschrieben, nicht «poissons panés« (Fisch in Panade). War das fehlende «s» ein Hinweis oder einfach eine Überschrift, die ein kleiner Schreiberling gewählt hatte, weil er Wortspiele liebte? Maurice hatte das ungute Gefühl, wenn er Périni die auf den Chausey-Inseln Gestrandeten und das dreckige Netz der Fischhändler überließ, würde der die Sache versauen. Eine Art Attila, der alles verwüstet: Nach seinem Durchzug würden sich die Algen ertränken und die Gräser das Leben nehmen.

KARAMEL

Das Wetter in Granville war strahlend schön. In den unendlichen, gezackten Sandkämmen, die bei Ebbe rostbraun schimmerten, glitzerten ein paar Wasserlachen, und die Sonne warf ihre Strahlen so kräftig auf die Chausey-Inseln, daß man die Häuser dort erkennen konnte. Agnès hätte gern ihre Lungen mit Meeresluft gefüllt, aber die Angst schnürte ihr die Brust zu. Ihr wäre es lieber gewesen, es hätte geregnet und das Meer Gift und Galle gespuckt. Das wäre eine Beruhigung für ihre Nerven gewesen. Sie war im Morgengrauen aus der *Auberge* geflüchtet, um ihrer Familie zu entrinnen und einem Frühstück mit ihrer Mutter, José und Elvis aus dem Weg zu gehen. Sie gingen ihr auf die Nerven, alle. Elvis hatte sie zum Teufel geschickt, als sie ihm gesagt hatte: «Wir müssen miteinander reden». Er behauptete, er habe alles gesagt. Agnès verstand ihn, natürlich. Seit er mit Julie zusammen war, hatte er Wichtigeres zu tun. Agnès war vor dem entzückten Gesichtsausdruck ihrer Mutter geflüchtet. Elvis hatte nur von seiner heißen Liebe zu Julie gesprochen, Youssouf und die Keksdose voller Geld aber stillschweigend übergangen. Unerträglich, Mounes affektiertes Gehabe, einfach lächerlich: «Elvis schlägt ganz nach Gloria, für die Liebe geschaffen!» José setzte die dümmliche Miene eines Prinzgemahls auf, der stolz auf Seine Königliche Hoheit ist, und Agnès hatte nicht übel Lust, sie alle drei zu prügeln. Sie entdeckte Gefühle aus ihrer Jugendzeit wieder, den mörderischen Haß, wenn die Familie einem die Kehle zuschnürt, einen erstickt, einen daran hindert zu leben, so daß einem Flügel am Hintern wachsen, und man woanders hingeht, um zu sehen, was man ohne diese Scheißer wert ist. Was den Chinesen betraf, der war nach Barcelona geflogen. Nachdem er eine Stunde im Auto vor Julies Haus gewartet hatte, während Agnès die Sache mit Youssouf und Elvis regelte, hatte er ein Taxi zur *Auberge* genommen. Als Agnès nach Hause kam, hatte er sich gleich auf sie gestürzt. Er sei sehr in Sorge gewesen, er liebe sie so, und sein Shiatsu, wann bekäme er seine Shiatsu-Massage? Sie hatte ihn angebrüllt, er solle sich woanders kitzeln lassen! Sie sei gerade nicht läufig, und daher ungenießbar! Der große Han aus dem Norden hatte nichts kapiert, sie mit offenem Mund und einem mißbilligenden und traurigen Gesichtsausdruck angesehen, wie ein Italiener, der weiß, daß er weder Frau noch Pasta bekommen wird! Agnès hatte sich in Tränen aufgelöst in ihrem Bett wiedergefunden. Warum hatte sie es abgelehnt, sich von Hongkong-Star bumsen zu lassen, sie war wirklich blöd! Das hätte ihren seelischen Tiefstand sicher gehoben. Doch es ging nicht. Ihre Libido lag auf Eis. Sie hätte einen hoffnungslosen Fall gebraucht, um sich anders zu entscheiden, keinen allzeit bereiten Chinesen, eher einen geschmacklos gekleideten Kommissar, dem sie die vermutlich eingerosteten Sicherheitsschleusen geöffnet hätte. Warum waren schwierige Fälle ihre erotische Vorliebe?

War sie deshalb nach Granville gekommen? Eine rollige Katze auf der Suche nach Zähnen, die sich in ihren Nacken gruben, und einer schicksalhaften Waffe, die ihr angespanntes Becken durchbohrte? Nein, sie würde *More is less* nicht anrühren. Sie mußte nur unbedingt mit ihm sprechen, ihm von dem Abgeordneten erzählen… Sie hatte zunächst daran gedacht, Nouredine aufzusuchen, doch der war im

Jemen, wirklich sehr passend! Und die verflixte Anwältin kriegte sie einfach nicht zu fassen. Immer wenn sie anrief, war sie nicht da! Also hatte sie sich auf den Weg nach Granville gemacht. Vielleicht kam sie letztlich doch zu dem Schluß, daß *less more* sein konnte, und daß der Kommissar, den sie für weniger als nichts gehalten hatte, doch ein «Mehr» sein konnte. Sie würde ihm nichts von der Million erzählen, das hatte sie versprochen. Nur von dem Betrug um das Selbsthilfeprojekt in Kamerun... Bestimmt würde er sagen, das fiele nicht in sein Ressort, aber vielleicht hatte er eine Idee. Allem Anschein nach kam das nicht oft vor, aber vielleicht wäre er ja ausnahmsweise einmal bereit, sich anzustrengen. Sollte sie Nouredine erwähnen? Nein, nun war es zu spät, um es sich anders zu überlegen. Sie fragte sich, wozu es gut sein sollte, ein paar Bruchstücke preiszugeben, wenn man gleichzeitig so vieles bewußt verschwieg. Zumindest würde sie ihn davon in Kenntnis setzen, daß sie Elvis aufgespürt hatte, und ihn nach dem Stand der Ermittlungen fragen... Ermittelte er überhaupt? Dieser Volltrottel war nie zu erreichen. Welchen Hirngespinsten jagte er noch hinterher, anstatt sich um Glorias Mörder zu kümmern?

An eine zu starke Zigarette geklammert, ging Agnès ein paar Schritte. Zu ihrer Rechten erstreckten sich die großen Glasfenster des Thalasso-Instituts, alles war friedlich. Sie trat näher. Hier verbarg sich das Geheimnis um den Mord an ihrer Schwester. Welche Verbindung bestand zwischen diesem Ort und Glorias kleiner Galaxie: Baptiste, Nouredine, Elvis, Youssouf, ein Bauernhof in Kamerun?

Agnès hatte bisher noch keinen Fuß in diese morbide Einrichtung gesetzt. Doch der Ort des Verbrechens hatte stets etwas zu erzählen. Am Empfang tat sie so, als sei sie ein Gast. Ein Püppchen erklärte ihr, man könne für 500 Franc einen Probetag buchen, damit habe man Zugang zu dem Raum mit den Geräten für Muskeltraining, Anspruch auf eine Bauch-Beine-Po-Stunde, Wassergymnastik, Besuch des warmen Meerwasserschwimmbeckens und zwei Massagebehandlungen.

«Und kann ich das auch sofort machen?»

«Wenn Sie möchten ...»

In der Umkleidekabine gab man ihr einen Bademantel, und nach der Dusche erwartete sie der Garten der Freuden: warme Dauerberieselung – zartbesaiteten Seelen sei davon abgeraten, denn das kommt dem Paradies nahe. Warmes Meerwasser rinnt gleichmäßig über das Hinterteil, von den Zehen bis zum Nacken, während ein Typ einen mit süßem Mandelöl massiert, die Schultern lockert, den Nacken knetet, einem langsam über die Rippen streicht. Wem es gelingt, diese Wohltat ohne einen lustvollen Seufzer zu überstehen, der kann Petrus getrost gegenübertreten, und dieser wird ihm bedenkenlos die Schlüssel zu allen Kammern des Nirwana aushändigen.

Vollkommen groggy, planschte Agnès später in Gesellschaft zweier vergnügter Senioren im kleinen Schwimmbad für die Wassergymnastik. Die beiden gehorchten selig den Kommandos des schwachköpfigen Trainers, der von eins bis zehn zählte, «Beine grätschen und wegstoßen». Hier wie anderswo hatte Sport etwas von einer Geburt – mit Schmerzen und mit militärischem Quatsch. Nachdem sie ein paar Bahnlängen geschwommen, mehrere hundert Meter im Fußbecken mit eiskaltem Wasser gewatet war und eine Sitzung im Hammam genossen hatte, war sie nicht mehr Agnès, sondern ein Haufen weicher, feuchter Haut, der, ermattet, im Bademantel auf eine der Ruheliegen mit Blick aufs Meer sank und sich fragte, ob sie sich durch das viele Wasser nicht auflösen würde. Man wird wieder in Form gebracht, doch in welche Form genau?

Gloria mußte überrascht gewesen sein, derart durchgeknetet und wieder auf die Beine gebracht zu werden, sie, die nie Ferien machte. Nein, das stimmte nicht ganz, schließlich hatte sie vorgehabt, mit ihrem Sohn nach Kamerun zu fahren. Vier Jahre nach dem Tod ihres Ehemanns. Sie hatte all die Jahre gebraucht, um sich zu entscheiden. Agnès unternahm den verzweifelten Versuch, Glorias Empfindungen nachzuvollziehen: der Ehemann gestorben, ihre unwiderrufliche Entscheidung, Nouredine, die Liebe ihres Lebens, nicht mehr wiederzusehen. Die Verzweiflung, die sie quälte. Eine Million ruhte in einem Safe, zu dem sie den Schlüssel besaß. Das einzige, was zählte, war Elvis. Sich um Elvis zu kümmern, das Geld für ihn aufzubewahren, ihm auf seinem Weg zu helfen, der ihn vielleicht eines Tages auf den Posten des Premierministers führte. Dann, im Laufe der Jahre, kam sie zu der Überzeugung, daß dieses Geld der Sache dienen sollte, für die Baptiste es vorgesehen hatte. Elvis sollte stolz auf seinen Vater sein können. Sie fühlte sich schuldig wegen ihrer leidenschaftlichen Liebe zu Nouredine. Mit der *Auberge* ging es langsam aufwärts, Gloria brauchte das Geld nicht mehr. Sie hatte beschlossen, mit Elvis zu sprechen und mit ihm nach Kamerun zu fahren. Das war ihr offensichtlich das wichtigste gewesen. Agnès dachte, daß sie genauso gehandelt hätte. Aber warum war sie umgebracht worden? Vielleicht hatte sie noch mehr Geld beschaffen wollen? Nein, das paßte nicht, die Vorstellung, daß Baptiste und Gloria für Geld gestorben waren, war undenkbar.

In den Gängen des Thalasso-Instituts herrschte eine eigenartige Stille. Hin und wieder begegnete man einem Mann oder einer Frau im Bademantel und mit einer Badekappe auf dem Kopf. Wie sollte man auf diesem Kostümball jemanden wiedererkennen? Hatte Laice wenigstens eine Aufstellung der Gäste gemacht, die am Tag von Glorias Tod das Institut besucht hatten?

Auf ihrem Weg zu den Behandlungskabinen für ihre zweite Anwendung kam Agnès an der Meerwasserquelle vorbei. Sie schloß die Augen und trank, wie es auf dem

Schild empfohlen wurde, «zwei Fingerbreit» aus einem Becher. Der Ärmelkanal war grauenhaft salzig! In der Kabine zog eine üppige Frau den Vorhang zu, bat sie, sich auf den Bauch zu legen und verteilte auf ihrer gesamten Rückseite glühend heißen Schlamm, den sie mit Alufolie zudeckte, dann noch mit einem Laken und einer Decke ... und anschließend ging es für zwanzig Minuten in den Schlafofen. Wie schaffen es die Kurgäste, nach solchen Sachen wieder in den Alltag zurückzukehren? Die Hetze, die Arbeit, die Abgase, an denen man inmitten schlecht gelaunter Leute erstickte. Mit dem Gedanken, das Geld für die nächste Kur zu verdienen? Wie lange hatte Gloria diese Herrlichkeiten genießen können? Zwei armselige Tage. Zwei Tage, um wieder Geschmack am Leben zu finden, sich sündigen Gedanken hinzugeben, vielleicht um im Traum noch einmal ihre Ekstase mit Nouredine zu durchleben. Was die Ekstase betraf, fühlte sich Agnès arbeitslos, und das war noch nie ihr Ding gewesen. Sie war nicht einmal in der Lage gewesen, die Avancen eines schönen Chinesen zu honorieren, der sicher ein gewisses Talent für die Kalligraphie hatte und mit dem sie sich in der Rolle des Japanpapiers wohl nicht zu beklagen gehabt hätte. Frustration erzeugt lediglich Frustration. Es war müßig, über dieses sakrosankte Prinzip hinaus zu philosophieren. Seit dem australischen Mönch, mit dem sie im japanischen Kloster die Prinzipien des Tao überprüft hatte, glich ihr Sexualleben einer Wüstendurchquerung. Doch jetzt, während sie mit halbgeschlossenen Augen dalag, mit dem Schlamm, der ihr auf dem Po kribbelte, waren ihre Gedanken darauf fixiert. Sich einer heißen Berührung, einer sanften Stimme hinzugeben, kam auf die Liste der Dringlichkeiten. Selbst aus dem kleinen, nicht fickbaren Kommissar hätte sie einen Festschmaus machen können. Sie spürte seinen Atem auf ihrem Körper, sie schmiegte sich, die Nase in seine Achselhöhlen vergraben, an ihn. Sie hatte Lust, mit der Zunge über all seine Haare zu fahren, seinen Schwanz aus dem Slip springen zu lassen und ihn zu lutschen. Wenn er das wüßte, wenn dieser Idiot wenigstens da wäre! Und sie lag da wie aufgeladen, kurz vor einem Orgasmus, der nicht kam und ihr Becken unter Strom setzte.

Geduscht, abgekühlt, aber noch immer leicht benommen, ging Agnès mit einem Bärenhunger hinunter in das Restaurant des Thalasso-Instituts, schmierte sich einen ganzen Livarot-Käse auf ihre Toastscheiben und verdrückte anschließend zwei Crème Caramel. Sie durfte nicht die Form verlieren. Auf jeden Fall hatte sie beschlossen, sich die Haare entfernen zu lassen. Die Kosmetikerin, eine kleine Frau mit pfiffigen Augen, gefiel ihr auf Anhieb. Als sie auf der Liege lag, beobachtete Agnès, wie der Papierstreifen voller Karamel auf ihre Waden gepreßt und abgezogen wurde. Es war wirklich vollkommen bescheuert, sich einen ganzen Tag lang massieren, betatschen und abschleifen zu lassen, um die Karosserie auf neu zu trimmen!

«War die Frau, die ermordet wurde, auch bei Ihnen?» fragte sie.

Die Kosmetikerin sah sie ein wenig beunruhigt an, Agnès erklärte:

«Sie war meine Schwester ...»

Die andere hielt inne.

«Mein Beileid ...»

«Haben Sie sie gesehen?»

«Sie war bei mir, um sich die Unterschenkel und die Bikinizone enthaaren zu lassen, genau wie Sie.»

Agnès zuckte zusammen. Sie folgte Glorias Spuren genauer, als sie gedacht hatte.

«Das habe ich auch Momo, nun, ich wollte sagen der Polizei erzählt ... Drehen Sie sich bitte leicht auf die Seite.»

«Wenn ich Sie recht verstehe, kennen Sie Maurice?»

Sie hatte seinen Vornamen ausgesprochen, als seien sie dicke Freunde.

«Ja, recht gut ...»
«Seit langem?»
«Seit er in Granville ist ...»
«Er ist sonderbar, nicht wahr?»
«Ein bißchen!»
«Hat er keine Verlobte?»

«Momo ist nicht für das Glück gemacht. Als seine Eltern nach Granville kamen, hat mir seine Mutter erzählt, daß er mit einem Mädchen verlobt gewesen war. Eines Tages, als sie zusammen duschten, erstickten sie fast wegen eines beschissenen alten Gasboilers.»

Unter dem Eindruck ihrer Erzählung entfernte Mireille den Wachsstreifen an Agnès' Schienbein mit bewegter Heftigkeit, woraufhin Agnès ein Stöhnen nicht unterdrükken konnte.

«Sie wurden beide ohnmächtig. Doch das Mädchen ist nie mehr aufgewacht ...»

Agnès spürte, wie ihr ein Schauer über den Rücken lief. Die tragische Verlobung des kleinen Kommissars berührte sie. Ganz klar, ein unglücklicher Mann ist unwiderstehlich, man möchte ihn in den Arm nehmen, ihn trösten und, ehe man sich's versieht, kommt es zu einem horizontalen Geplänkel ...

«Die alte Frau heulte, als sie mir das erzählte, und sie sah mich voller Hoffnung an, überzeugt davon, daß ihr Momo bei mir Zuflucht gefunden hatte. Sie war darüber so glücklich, die Arme, daß ich mich nicht getraut habe, ihr zu sagen, daß wir lediglich befreundet waren.»

Agnès zog sich wieder an und dachte dabei, daß sie wahrhaftig gern mit diesem Typen duschen würde, der noch nicht einmal ihr Freund war. Sie mußte handeln, bevor er es wurde! Abgesehen davon, daß einem all diese Wassergeschichten letztendlich Durst machten, war das nicht gut für die Tugend!

MAUVE

«Ja, nun, tut mir leid, ich bin ständig unterwegs, Mademoiselle Perrault, Sie können mir glauben, ich fände es auch schöner, wenn Sie mir den lieben langen Tag Märchen erzählten. Und das mit Elvis freut mich wirklich... Abendessen? Einverstanden! Um 20 Uhr?»

Maurice legte auf. Die schöne Brünette aus der *Auberge bleue*, die immer noch in Fahrt war, warf ihm vor, sich einen faulen Lenz zu machen. Das war eine, die die Hosen anhatte (rote Spitze, schwarze Spitze oder mauvefarbener Satin?). Er rauchte heute bereits sein zehntes Zigarillo, er war zum Umfallen müde, wie die feinen Leute sagen würden, wenn sie fix und fertig waren. Er hatte gerade zwölf Verhöre hinter sich gebracht. Er hatte die zwölf Trottel in sein Büro bestellt, beschnüffelt und ausgehorcht, die – abgesehen vom Personal und den Kurgästen – an Glorias Todestag das Thalasso-Institut besucht hatten und registriert worden waren: zwei Typen, die einen der Aufzüge repariert hatten, drei mit Jahreskarten, die sich für eine Spezialbehandlung angemeldet hatten, eine Oma, die zum Schwimmunterricht und zwei Mädchen, die zur Wassergymnastik gekommen waren. Vier Jahreskartenbesitzer hatten sich aufgrund des Aushangs gemeldet, den Maurice in der Eingangshalle hatte anbringen lassen: «Jeder, der am 12. April das Institut besucht hat, wird gebeten, dringend Kommissar Laice zu kontaktieren, Telefon …» Alle vier betonten, wie ruhig es an jenem Tag gewesen sei, wie wenig Leute dagewesen seien. Momo überlegte, ob er sich nicht noch einmal das gesamte Personal vorknöpfen sollte. Dieser Mord schien sich sozusagen im engsten Familienkreis abgespielt zu haben; das grenzte an Inzest!

Er schenkte sich noch einmal Kaffee aus der Kaffeemaschine nach, die hinter ihm gluckerte. Er hatte nicht eine freie Minute gehabt, um sich mit der Liste der Fischgroßhändler zu beschäftigen. Er stopfte sich drei Zimtkaugummis in den Mund und kaute wütend auf ihnen herum. Gilles steckte den Kopf durch die Tür. Das war wirklich eine Manie von ihm:

«Die Tuaregs haben ihr Bündel geschnürt, Kommissar. Lionel hat es mir gerade am Telefon erzählt. Es ist niemand mehr auf La Genetaie.»

Maurice machte sich nicht die Mühe, sein Grinsen zu verbergen:

«Na, so was!»

«Sie wußten schon Bescheid, Chef?»

«Was willst du! Es sind Nomaden, einen Tag hier, morgen dort. Entschuldige mich, aber um die Neuigkeit zu feiern, werde ich mich für mein Abendessen fertigmachen. Ein Zwölfstundentag reicht völlig. Ich komme hier sowieso nicht weiter.»

Im Restaurant, vor seiner Meeresfrüchteplatte, kam er auch nicht weiter, doch seine gute Laune stellte sich allmählich wieder ein. Agnès war in Hochform, und zur Abwechlung nörgelte sie mal wieder ein bißchen:

«Man kann dort ein- und ausgehen. Es geht zu wie in einem Taubenschlag. Ich sage Ihnen, jeder hätte Gloria umbringen können!»

«Man hat Sie vielleicht noch nicht darüber informiert, aber ich bin nicht der Direktor des Thalasso-Instituts», versuchte Maurice sie zu beruhigen, aber sie hörte nicht einmal zu.

«Wirklich jeder! Vorausgesetzt, man ist weder ein Zwerg noch eine Rothaut ...»

«Sagen Sie mir nicht, daß Sie unbemerkt hineingekommen sind!»

«Fast!»

«Ich weiß, die können uns nicht sagen, wer sich zur fraglichen Zeit im Gebäude befand. Die Eingänge werden kaum kontrolliert, und es gibt so viele Verstecke: Umkleidekabinen, Duschen, Behandlungskabinen ..., hinzu kommt noch, daß man Gloria erst gut eine halbe Stunde nach ihrem Tod entdeckt hat, was bedeutet, daß der Täter mehr als zwanzigmal die Zeit hatte, das Gebäude zu verlassen.»

«Und, was gedenken Sie nun zu tun?»

«Weitermachen, wie bisher, Schritt für Schritt ...»

Agnès drückte ein wenig der Schuh: es brannte ihr auf der Zunge, Momo von dem Geld zu erzählen, das Elvis und Youssouf geholt hatten. Sie hatte ihm lediglich erklärt, daß Elvis sich mit Youssouf getroffen hatte, um zu versuchen, ein Projekt wiederanzukurbeln, das der Cousin aus Kamerun früher mit Elvis' Vater begonnen hatte ...

«Befaßte sich Ihr Schwager mit illegalen Einwanderern und Leuten ohne Papiere?»

«In den Unterlagen, die ich eingesehen habe, wurde dies mit keiner Silbe erwähnt. Denken Sie an Ihre Mauretanier?»

Agnès wirkte etwas aufgelöst, und das stand ihr gut, ihr Haar, das sie mit zwei großen roten Kämmen hochgesteckt hatte, hing ihr ins Gesicht. Sie schlürfte lautstark, mit vollem Lippen- und Zungeneinsatz ihre Austern. Das brachte Maurice völlig durcheinander und weckte seine schmerzenden Sinne. Wie gerne hätte er ihr mauvefarbenes Kostüm zerknittert, den Zirkel ihrer Schenkel gespreizt. Nervös plätscherte er in der Fingerschale, quetschte wütend die

Zitrone aus. Die Namen der regionalen Fischgroßhändler am Ärmelkanal schwirrten ihm im Kopf herum.

«Warum machen Sie nicht bei allen Großhändlern auf Ihrer Liste eine Haussuchung?»

«Weil ich dafür keine Vollmacht bekomme! Die Angelegenheit fällt nicht in mein, sondern in Périnis Ressort. Aber wenn ich ihn machen lasse, werde ich nie herausbekommen, ob eine Verbindung zwischen dieser Geschichte und dem Tod von Gloria besteht. Denn Périni tut nur, was er will!»

Er bestellte gezuckerte Erdbeeren, während die Schwester eine *Tarte normande* verputzte.

«Sie denken überhaupt nicht in Zusammenhängen, das ist schade», zeterte sie, während sie sich ein Glas Muscadet genehmigte und in einem Zug leer trank. «Sie sind nicht zu einer ganzheitlichen Sicht der Dinge fähig. Sie müssen von Ihrer Mutter zu sehr behütet worden sein!»

«Sagen Sie, zahlen Ihre Patienten dafür, daß sie sich in Ihrer Praxis solchen Unsinn anhören?»

«Man merkt sofort, daß Sie kein guter Beobachter sind. Sie gehören zu den Leuten, die beim Gehen ständig auf ihre Füße schauen!»

«Im Slalom Hundehaufen auszuweichen, ist eine Angewohnheit aus der Zeit am Montmartre. Wenn Sie den Bürgersteig aus den Augen lassen, riskieren Sie, in die Scheiße zu treten!»

Als sie das Restaurant verließen, war es draußen mild, ein lavendelfarbenes Meer schnarchte sanft im Halbschlaf der Flut vor sich hin, und Agnès konnte nicht mehr gerade gehen, ihre Haare gerieten mehr und mehr aus der Fassung und ihr Augen-Make-up war völlig verschmiert.

«In Ihrem Zustand fahren Sie jetzt aber nicht zurück in die Yvelines!» meinte Maurice energisch. «Ich setze Sie am Hotel des Yachthafens ab. Ich kenne die Leute gut, sie werden ein Zimmer für Sie haben ...»

Als er sie in der Empfangshalle zurückließ, fühlte Maurice sich wie ein Held. Er hätte ihr lieber ein Schäferstündchen in seinem taschentuchgroßen Appartement im Herzen der alten Befestigungsmauern vorgeschlagen, doch Träume sind immer besser als die Realität. Den Kopf leicht benebelt, hechelnd wie ein Raubtier schwankte er zu seinem Bett und schlief vollständig bekleidet ein, wobei er auf einem Faß mit Austern in Weißwein dahinschlingerte.

TÜRKIS

Man hörte Gelächter und wildes Getrappel auf der Treppe. An seine Julie geschmiegt, erschien Elvis in der Tür der *Auberge*. Das versetzte Agnès einen Stich in die Magengegend. Selbst wenn sie vor den beiden Verliebten ihr albernstes Lächeln aufsetzte, fühlte sie sich kaputt und hätte am liebsten mit einem Karabiner auf alles gezielt, was sich unter ihrem Fenster bewegte. Gloria war nicht da, um dieses süße Leid zu erleben. Das war gemein, die Gerechtigkeit hatte wirklich einen Knick in der Optik! Dabei war die Tatsache, daß Elvis den Quell des Lebens entdeckt hatte, eigentlich eher ein Trost und ein Glücksfall. Trotzdem machte sein lautstarker Eintritt in die Welt der Erwachsenen Agnès ganz schwindelig, und seine Mutter war nicht da, um sich daran zu berauschen und darüber zu ärgern. Sooft es sich Agnès auch wiederholte, daß, wenn man etwas verliert – so wichtig es auch sein mochte –, oft Platz für das Wesentliche entsteht, es wollte ihr nicht in den Kopf.

Julie hatte sich mit einem jener neuen Maskarastifte für das Haar drei türkisfarbene Linien in ihre flammendrote Mähne gezogen, und dieses Feuerwerk machte ihr Gesicht noch strahlender. Elvis, der völlig verwandelt und aus seinen kafkaesken Wirrungen befreit war, strahlte, wenn er sie ansah. Es war ein verdammt großes Geschenk, jemanden in die Geheimnisse der Liebe einzuführen, das konnte man nicht anders sagen!

«Ich pauke mit ihr Geo fürs Abi. Das ist anstrengend. Jedesmal, wenn sie was nicht weiß, muß sie ein Pfand abgeben», säuselte er.

«Elvis!» hauchte der Rotschopf, und ihre Wangen färbten sich rosig.

«Na, ich habe ihr ja nicht gesagt, was es war!»

«Auf Wiedersehen, Agnès», kicherte sie.

«Ich bring sie zu ihrem Mofa, dann komm ich!»

Sie gingen. Und Agnès fröstelte. Sie fühlte sich kurz vor dem Rentenalter, mit einer Dauerwelle im bläulichen Haar und den Hängebacken einer Bulldogge. Nie mehr würde sie so kichern! Sie dachte, daß sie mit Momo Pfänderspiele hätte machen können. Warum dachte sie solchen Blödsinn? Sie würde niemals auch nur den kleinsten Schritt auf den Kommissar zugehen, denn letztlich gefiel er ihr, dieser alte Nervtöter, ganz einfach so, still und heimlich. Und deshalb war er mit einem Schlag, noch ehe sie sich berührt hatten, schon lästig.

Elvis kam tänzelnd zurück. Agnès hatte Lust, ihn zu ohrfeigen. Das war sicherlich pure Eifersucht, der Anfang der Verbitterung. Sie war im Begriff, sauer zu werden wie ein alter, vergessener Topf Milch. Sie mußte sich wieder in den Griff bekommen, verdammt noch mal!

«Elvis», meinte sie im Ton einer alten Xanthippe, «ich möchte unbedingt, daß du mir alles sagst, was du weißt!»

«He, was soll das denn! Mecker mich nicht an!»

«Ich war im Thalasso-Institut von Granville, und ich möchte zunächst verstehen, warum deine Mutter überhaupt dorthin gefahren ist. Hat sie diesen Ort wirklich zufällig ausgewählt? Das wäre schon ein Anhaltspunkt ...»

«Ich glaube, eine Freundin hat ihr das Institut empfohlen ...»

«Eine Freundin? Wer?»

«Was weiß ich! Sie hat mir irgendwann gesagt: ‹Eine Freundin hat mir zu einer Thalasso-Kur in Granville geraten. Das wird mir vielleicht guttun …›. Mehr nicht.»

«Aber warum hast du das nie erzählt?»

«Du bist vielleicht witzig, du hast mich ja nie gefragt!»

«Eigentlich habe ich nicht den Eindruck, witzig zu sein …»

«Bestimmt nicht!»

Elvis drehte sich auf dem Absatz um.

«Elvis, kennst du Freundinnen deiner Mutter?»

«Nein, aber ich nehme an, sie hatte welche! Eine Frau hat doch immer Freundinnen, oder?»

Er war schon in sein Zimmer hinaufgelaufen. Eine Frau hat immer Freundinnen. Aber doch nicht Gloria! Oder sie versteckte sie gut. Seit Agnès nach Frankreich zurückgekommen war, hatte sie ihre Schwester nie mit irgend jemandem gesehen. Dazu muß man sagen, daß Gloria eigentlich keine richtige Wohnung hatte. Ihre Küche war die der *Auberge*, ihr Garten war der der *Auberge*, da war es klar, daß sie ihre Freunde lieber woanders traf. Agnès hatte sich nie Fragen über den Umgang ihrer Schwester gestellt. Dazu hatte sie keine Zeit gehabt. Sie war eigentlich noch immer im Begriff, sich einzurichten. Es war – erst oder schon – ein Jahr her, daß sie aus Hongkong zurückgekommen war, vor sechs Monaten hatte sie ihre Praxis eröffnet, seit zwei Monaten war ihr Terminkalender gut gefüllt. Und während all dieser Zeit hatte auch sie außer ihren Patienten und ihrer Familie kaum jemanden gesehen. Glücklicherweise hatte sie diesen Kurs in Japan besucht …

Agnès sah die Schriftstücke durch, die sie in Glorias Schreibtisch gefunden hatte. Nur die Briefe von Nouredine hatten ihre Aufmerksamkeit erregt. Sie war nicht achtsam genug gewesen. Eine Freundin! Das bedeutete, daß Agnès eine Postkarte von einer Frau finden müßte, die die Erinnerung an ihren letzten Orgasmuslieferanten in Hammamet oder Fort-de-France ertränkt hatte. Hatte Gloria eine Freundin gehabt, mit der sie einfach dumm kicherte, unter die Bettdecke gekuschelt fernsah, sich dabei mit Schokolade vollstopfte und Boshaftigkeiten über die Nieten unter ihren männlichen Eroberungen von sich gab? Nein, die Zeit der Freundinnen war vorbei. Nicht nur für Gloria. Auch für Agnès. Sie war zu Ende, als sie nach Hongkong gegangen war. Seither hatte sie nie mehr das Gegackere unter Frauen erlebt. Wie blöd Frauen doch sein können, das kann man gar nicht oft genug sagen. Geil. Vulgär. Sie wägten das Rohmaterial mit der Eleganz einer Fischverkäuferin ab. Bei dieser Erinnerung umspielte ein Lächeln Agnès' Lippen. Das hatte sie so oft mit ihrer Freundin Prune getan, damals in Straßburg, als sie die mit ihren Liebhabern erlebten Erfolge und Enttäuschungen mit idiotischem Geplapper kommentierten:

«Prune, vergiß den!»

«Warum? Der ist doch süß!»

«Ja, und der Junge ist nicht wie ein Eisberg!»

«Genau!»

«Aber der verborgene Teil ist nicht eben spektakulär: zwei Oliven und ein kleines Würstchen!»

Agnès schüttelte den Kopf, wie weit diese Dummheiten jetzt zurücklagen! Warum hatte Agnès mit ihrer Schwester nie solchen Blödsinn gemacht? Das war ihr nicht einmal in den Sinn gekommen.

Agnès wühlte weiter. Zwangsläufig würde sie außer den Papieren der *Auberge*, Elvis' Zeugnissen und den Impfpässen die Mitgliedskarte eines Fitneßcenters, eine Einladung zu einem Sonderausverkauf finden. Irgend etwas, was eine Freizeitbeschäftigung, eine Vorliebe verriet. Sie fand zwei Zeitschriften, herausgegeben vom *Institut du monde arabe.* Vielleicht mochte Gloria dieses Museum besonders, womöglich war sie zu ihrer Zeit mit Nouredine öfter dort gewesen. Als sie eines der Hefte durchblätterte, fiel ein Rezept heraus. Ein Arzt in Boulogne, sieh mal an, warum war Gloria so weit gefahren? Das hatte vermutlich mit der Gerüchteküche zu tun. Man läßt sich nicht in dem Dorf behandeln, in dem man wohnt. Damit die Nachbarschaft nicht gleich über jede Schleimhautentzündung Bescheid weiß. Doktor Claude Brunet. Die Behandlung war... kostenlos gewesen! Der Arzt mußte sie gut gekannt haben! Das war genau das, was Agnès suchte: Ein Arzt würde sie zu «der» Freundin führen. Im allgemeinen tauschen Frauen ihre Arzterfahrungen aus:

«Geh mal zu meinem, der ist super!»

«Bei Doktor Brunet brauchen Sie einen Termin, Madame, wir haben erst in einer Woche bzw. in zehn Tagen etwas frei», erklärte die Sekretärin von Claude Brunet zickig.

Agnès insistierte, flehte, setzte zu einer wortreichen Erklärung ohne Punkt und Komma an, behauptete, man habe ihr diese Praxis wärmstens empfohlen, sie sei sehr beunruhigt, den Grund dafür könne sie am Telefon unmöglich erklären (zu ansteckend, das könnte die Telefonleitungen zerfressen!).

«Heute abend um 19 Uhr», meinte die andere schließlich, die langsam die Geduld verlor.

Das Haus, das aus der Jahrhundertwende stammte, wachte über eine ruhige Straße von Boulogne, ein Bau aus marmorgefaßten Quadersteinen mit getönten Scheiben. Hier befand man sich weder in Paris noch in einem Vorort, man war schlichtweg bei den Reichen, den wirklich Reichen, bei denen Geld zu Geld wird, ohne daß sie sich sonderlich darum bemühen. *Doktor Brunet, Arzt für Allgemeinmedizin und Naturheilkunde,* stand in goldenen Lettern auf einer Granitplatte.

Während sie im Wartezimmer hockte, das eher an ein Boudoir des Versailler Schlosses erinnerte, bereitete Agnès ihre Ausführungen vor, dann stockte ihr für einige Sekunden der Atem: Der Arzt war eine Frau! Und nicht irgendeine, nein, eine reinrassige Angehörige des Großbürgertums, die in Leinen und Gänsedaunen aufgewachsen war. Ein eleganter Star, eine Art Lauren Bacall in blond, deren Eleganz Catherine Deneuve in Depression und Vergessenheit gestürzt hätte. Angesichts dieses Topmodels mit den schlanken Beinen und dem vollen Haar, das an die Fotos in amerikanischen Zeitschriften erinnerte, fühlte sich Agnès so unwohl in ihrem Gefieder wie eine Henne aus einer Legebatterie. Die Dame mit der durchscheinenden, cremigen Haut war gut vierzig Jahre alt, und die trug sie mit Klasse, «wahrer» Klasse, die im Alter nicht nachläßt. Über dem berühmten, «unverzichtbaren» kleinen Schwarzen trug sie einen türkisfarbenen Kittel, der ihr etwas Mädchenhaftes verlieh und die Farbe ihrer Augen unterstrich, die der Lagune in einem Prospekt des Club Méditerrané entnommen schien.

Agnès schwieg, Angst schnürte ihr den Magen zusammen, alles strahlte zuviel Perfektion aus. Die Praxis war vom Boden bis zur Decke weiß und roch nach zwanghafter Sauberkeit. Ihre Schuhe versanken in einem weißen Seidenteppich, auf den selbst der Schah von Persien nur zögernd einen Fuß gesetzt hätte. Hinter dem Louis XV-Schreibtisch hing ein Poster von Mapplethorpe. In Hongkong hatte Agnès dieses Bild vier Jahre lang als Poster in ihrem Zimmer hängen gehabt: ein Super-Typ im Slip mit perfekter Muskulatur.

«Ich liebe dieses Foto!»

Während sie das sagte, wurde ihr bewußt, daß es eigentlich nicht mehr stimmte, daß sie solch perfekter Ästhetik, wie die Ärztin sie ausstrahlte, dieser kalten Schönheit, die Agnès ganz verwirrte, überdrüssig geworden war. Einen Augenblick lang fragte sie sich, ob ihre Schwester nicht eine Beziehung mit dieser Frau gehabt hatte. Sie hätten ein wundervolles Paar abgegeben. Warum dachte Agnès das? Nichts sprach für ein lesbisches Abenteuer bei Gloria. Nein, über ihre Beklemmung hinaus war Agnès fasziniert. Wenn die schöne Claude Brunet die geringste zweideutige Geste machen würde, wäre sie unfähig, nein zu sagen. Sie fühlte sich von dieser Frau angezogen wie eine Fliege, die nicht umhinkann, sich dem klebrigen Spinnennetz zu nähern, um dort berauscht, verschlungen, vernichtet zu werden. Agnès wehrte sich gegen diese alberne Vorstellung. Sie war nicht gekommen, um sich von einer gut gebauten Frau anmachen zu lassen. Was war mit ihr los? Sie erinnerte sich nicht daran, jemals von einer Frau so angezogen gewesen zu sein. Dabei schenkte ihr Claude Brunet, die in ihrer Luftblase außer Reichweite war, kaum Beachtung. Doch als sie ihre türkisfarbenen Augen in die von Agnès versenkte, fühlte sich diese aufgespießt wie ein Schmetterling auf einem Stück Kork.

«Sie sind also das erste Mal hier», meinte die Blonde, während sie die Karteikarte studierte, die ihre Sekretärin ausgefüllt hatte.

Agnès hatte einen falschen Namen und eine falsche Adresse angegeben. Sie wollte vorsichtig sein und ihre Informationen nur langsam preisgeben, und daran hatte sie gutgetan, denn alles, was sie vorbereitet hatte, war ihr entfallen, eine Art Alzheimer-Anfall. Die andere hypnotisierte sie bestimmt.

«Was führt Sie zu mir?»

Das fragte sich Agnès auch. So wenig sie bei der Kosmetikerin in Granville gezögert hatte, zu erzählen, daß sie Glorias Schwester war, so unmöglich war es ihr hier! Es schien ihr, als würde diese Enthüllung Lauren Bacall alle Trümpfe zuspielen. Und sie fühlte sich nicht mit dem Charisma von Humphrey Bogart gesegnet, sondern eher einfältig wie eine Jungfrau, die vor dem ersten Zungenkuß ihre Zahnspange zu verstecken versucht. Sie wagte es nicht, sie zu befragen, das sollte lieber Kommissar Laice tun, dem sie ihre Adresse geben würde…

«Ich bin müde, etwas überarbeitet, ich fürchte, daß ich eine Depression ausbrüte», meinte Agnès.

«In welcher Art Betrieb sind Sie Direktionsassistentin?»

«In einem Reisebüro.»

«Schlafen Sie?»

«Schlecht.»

«Und wie steht es mit dem Sex?»

«Die Wüste Gobi!»

«Ziehen Sie sich aus, ich werde Sie untersuchen.»

Bei Sex und Ausziehen huschte ein kleines Lächeln über Agnès' Lippen, die jetzt in Slip und BH dastand. Sie fragte sich, ob man in diesem Aufzug nicht sofort erkennen konnte, daß sie Glorias Schwester war.

«Ich bin eine Freundin von Gloria Kadoré», erklärte sie.

Die andere zuckte nicht mit der Wimper, während sie ihr den Arm mit der Manschette des Blutdruckmessers abquetschte.

«Der Name kommt mir irgendwie bekannt vor. Ist sie eine meiner Patientinnen?»

«Sie können sagen, sie war. Sie ist ermordet worden!»

«Ah ja?»

Sie war nicht einmal zusammengezuckt, nicht gerade mitfühlend, die alte Kuh! ‹Ah ja?› angesichts eines Mordes!

«Eine sehr schöne, elegante Frau…, groß und braunhaarig, nicht wahr?»

«Sie hat oft von Ihnen gesprochen.»

«Das ist eigenartig, denn sie war nicht oft hier.»

Sie war völlig gelassen. Sie kannte Gloria mit Sicherheit kaum, oder aber sie war so kaltblütig wie eine Schlange, eine echte Schizophrene, die durch einen dicken Einwegspiegel von der Welt abgetrennt war.

«Was halten Sie von der Thalasso-Therapie?» beharrte Agnès.

Sie glaubte ein vages Stirnrunzeln auf dem Modelgesicht auszumachen: ein Zweifel malte eine besorgte Falte auf die Stirn.

«Das ist eine Form der Entspannung. Wenn Sie das Bedürfnis danach haben. Aber wenn Sie in Ihrem Reisebüro Sondertarife bekommen, fahren Sie lieber eine Woche in die Sonne, das ist billiger und wirksamer, um Ihre Psyche aufzumöbeln.»

«Ich hasse Clubs, und ich habe keine Lust, allein zu reisen. Haben Sie nicht die Adresse eines guten Thalasso-Instituts?»

«Die meisten Institute sind in einem Verband zusammengeschlossen. Ich werde Ihnen die Adresse geben. Dort werden Sie Auskunft über die verschiedenen Zentren, die Anwendungen und die Preise erhalten. Sie können sich wieder anziehen ...»

Ihre Art zu sagen: Verschwinden Sie! Agnès hatte wirklich total versagt! Fluchend schlüpfte sie wieder in ihre Jeans. Was sollte sie jetzt machen? An den Wänden hingen mehrere Fotografien von einem Segelschiff, das auf klarem, bläulichem Wasser schwamm.

«Segeln Sie?»

«Ja, das ist eine Leidenschaft von meinem Mann und mir ...»

«*Grâce*, ein eigenartiger Name!»

«... graziös!»

Bei einer Frau von solch hitchcockartiger Schönheit erinnerte das Agnès eher an Grace Kelly.

«Ich verschreibe Ihnen einige Oligo-Elemente, Kupfer-Schwefel und eine Salbei-Artischockenkur. 20 Tropfen morgens auf nüchternen Magen. Sie haben ein leichtes Verdauungsproblem!»

Sie übertrieb, diese Naturheilkundlerin mit ihren alten

Hausrezepten! Agnès hatte immer Kieselsteine verdauen können, und wenn ihr Magen davon genug hätte, hätte er sich bemerkbar gemacht!

Die Tippi Hedren von Boulogne knöpfte ihr 600 Franc ab. Und diese Hexe war nicht kassenärztlich zugelassen! Reich sein ist teuer! Auf alle Fälle war Agnès weniger beliebt als ihre Schwester. Sie mußte bezahlen! Und genau in diesem Punkt stimmte die Geschichte dieser vornehmen Dame nicht! Warum hatte Gloria, wenn sie sie kaum kannte, eine kostenlose Behandlung erhalten?

SAHNE

«Ich warne Sie, Laice, ich werde einen Bericht über Sie schreiben, das wird sich in Ihrer Personalakte gar nicht gut machen.»

«Sie sind wirklich großartig, Périni, hat man Ihnen das schon mal gesagt?» stellte Maurice fest.

«Sie brauchen sich gar nicht aufzuspielen! Zurückhaltung von Informationen, unterlassene Anzeige von Verdächtigen, das kann allerhand nach sich ziehen.»

Klein, kahlköpfig und schmerbäuchig hätte Périni, der kurz vor einem Schlaganfall stand, in einer Satire Napoleon im Niedergang verkörpern können, wie er geiferte, weil er Europa nicht länger unter seiner Knute hatte.

«Ich verlange, daß Sie sich ab sofort aus diesem Fall völlig heraushalten!»

Jaume hatte ihm Verjots Artikel gegeben. Gerade wollte er sich die letzten drei Haare, die ihm noch unter den Achseln geblieben waren, ausreißen, um das Ding zu entschlüsseln und den Albino zu befragen, der sich im Krankenhaus in seinem Tropf verhedderte. Maurice genoß die Situation, ihm blieb noch etwas Zeit. Dieser Idiot verfügte noch nicht über die Liste der Fischgroßhändler, und Maurice hatte sich gehütet, ihm zu sagen, daß Gilles den Verdächtigen auf der Liste gefunden hatte. Dieser Praktikant war wirklich die Kruste auf dem Gratin, eine Zierde für die Polizei! Er konnte es kaum erwarten, daß Napoleon ihn endlich in Ruhe ließ, damit Gilles ihm mehr erzählen konnte.

«Die Sache mit dem Schiffbruch auf Chausey tut mir leid», meinte Maurice und versuchte sich als Schleimscheißer. «Ich verstehe gar nicht, daß man Sie nicht informiert hat.»

«Sie werden diese verfluchten Tuaregs nicht ins gelobte Land bringen!»

«Ach, soviel verlangen die gar nicht», meinte Maurice. Sie wollten nur nicht einem Scheißkerl wie dir begegnen, dachte er bei sich.

Périni knallte die Tür mit großer theatralischer Geste hinter sich zu. Geh mit Gott, aber geh! Momo streckte sich, sein Rücken krachte an allen Ecken und Enden, und der Muscadet drückte ihn zwischen den Augen. Eine Strafe, Périni ertragen zu müssen, wenn man sich mit einem Kater herumschlug.

«Probleme, Kommissar?» feixte Gilles, als er ins Büro kam.

«Komm, mach schon, mein Kleiner, erklär mir deine Geschichte vom Sklaven-Fischhändler.»

«Ausgangspunkt meiner Überlegungen waren die Probleme mit dem Gesundheitsamt, die die Firma Sénapi, einer der wichtigsten Fischgroßhändler an der Küste von Coutainville, 1992 gehabt hatte. Ich habe die Geschichte dieses Ladens genau unter die Lupe genommen. Seit '92 hat sich einiges getan! Ein gewisser Raymond Durand hat sich mit Sénapi zusammengeschlossen. Er ist der Ehemann von Sénapis Schwester, mit anderen Worten sein Schwager. Er kam aus dem Knast, hatte achtzehn Monate wegen Betrugs hinter schwedischen Gardinen verbracht. Eine faule Geschichte, in der es um Import-Export auf dem Umweg über eine portugiesische Gesellschaft ging.»

«Da hast du ja voll ins Schwarze getroffen!»

«Und dann, eine lustige Sache: die Überschrift von Verjots Artikel ‹Poisons panés› (‹Gift in Panade›), ‹panés› ist die Umkehrung von Sénapi. Man verdoppelt das ‹s› in ‹poisons›, dreht ‹panés› um, hängt ein ‹i› an und erhält: ‹Poissons Sénapi›!»

«Du spielst zuviel Scrabble!»

«Ach was! Das ist nur ein kleiner Gag!»

«Du bist ein As, Gilles! Ich rufe Jaume an, überprüfe du die Akte, und dann machen wir zwei uns auf zum Makrelenfang.»

Zwei Stunden später fuhren Gilles und Momo an der hellen Sandküste von Coutainville entlang. Eine verhangene Sonne drückte auf das Meer, das sich bei Ebbe träge bewegte. Vor der Trichtermündung von Sienne kehrten sie ihm den Rücken und hielten sich Richtung Osten. Unter dem fahlen Himmel mähten Kühe, die wie in das morgennasse Gras gestellte, angemalte Figuren wirkten, methodisch die Wiesen – echte normannische Kühe, die vor Crème fraîche förmlich zu explodieren schienen.

Gilles und er hatten geackert, telefoniert, und nach und nach blickten sie bei der Geschichte durch. Bis jetzt bestand keine Verbindung zu Gloria. «Schlagen Sie bloß keine Wellen, Maurice!» hatte ihn Hauptkommissar Jaume gebeten, als Momo ihm mitgeteilt hatte, daß sie den zum Panieren bereiten Fisch aufgestöbert hätten. Er würde sich Raymond Durand, den betrügerischen Schwager, schnappen.

Genau vor Tourville-sur-Sienne bog der Peugeot 205 in einen heckengesäumten Feldweg. Weiter unten lag eine große, mit Wellblech gedeckte Baracke. Die Firma Sénapi. Maurice stellte den Wagen hinter einer Scheune am Wegrand ab. Im Schutz der Hecken näherten sich Gilles und er dem Gebäude. Es war ein Samstag und kaum jemand da, nur ein BMW parkte vor der Fabrik.

Hinter der Baracke gab Momo dem jungen Araber Hilfestellung, damit er eines der drei Meter über dem Boden gelegenen Fenster erreichte. Das Glas splitterte, ohne mehr Lärm zu machen, als das Klirren von Geschirr. Angeekelt öffnete ihm Gilles die Tür:

«Hier sind wir richtig! Man hat sie hier untergebracht, und es ist nicht gerade ein Vier-Sterne-Hotel!»

Es glich eher einem Bunker. Zwanzig Quadratmeter gestampfter Lehmboden, durch ein hochgelegenes Fenster erhellt, eine Glühbirne, die in der Mitte der Decke baumelte. Alle Spuren, die auf eine Nutzung dieses Ortes durch eine Gruppe von Menschen hindeuteten, waren beseitigt worden, und in die Ecke, die vermutlich als Latrine gedient hatte, war vor kurzem Beton gegossen worden.

Doch jetzt war nicht der geeignete Augenblick für eine Bestandsaufnahme. Maurice und Gilles besichtigten im Laufschritt die Konservenfabrik Sénapi, die in der Ruhe des Wochenendes dahindämmerte: ein Schuppen, in dem zwei Kühlwagen vor sich hindösten, ein großer, fensterloser Raum, an den Kühlkammern grenzten, dann die verlassene Fabrikhalle, die nach Fisch stank und in der die Motoren der Kühlaggregate knatterten, und ein kleiner Raum mit Duschen, Waschbecken, Toiletten.

Momo öffnete die Tür, die laut Beschilderung zu den Büros führte. Ein Kerl mit Haaren weiß wie Sahne hob den Kopf, den er über eine Reihe von Aktenordnern gebeugt hatte. Er wirkte so entspannt wie jemand, der gerade Messer und Gabel verschluckt hat. Er stürzte zu seinem Schreibtisch, um eine Schublade zu öffnen:

«Keine Bewegung! Hände hoch! Es gibt doch schon genug Tote, glaubst du nicht, Sénapi?»

Der Typ hob langsam die Hände.

«Tut mir leid, daß wir Sie am Wochenende behelligen»,

meinte Maurice und setzte sein schönstes Zahnpastalächeln auf. «Ich komme von Patrick Verjot. Er hat kürzlich eine Reportage über Ihren Betrieb gemacht ...»

«Ich kenne diesen Typen nicht!» brüllte der Kerl und zitterte dabei wie ein Ei in Gelee, wenn die Metro vorbeifährt.

«Ihr wart nicht sehr eng miteinander befreundet, das glaube ich gern. Doch er hat seine Nase in deine schmutzigen Geschäfte gesteckt. Und du schätzt es gar nicht, wenn man die Frische deines Fisches anzweifelt. Das regt dich tierisch auf, du hast bestimmt zuviel Asterix gelesen.»

«Das ist nicht wahr!»

«Es ist dein gutes Recht, keine Comics zu mögen, aber darum geht es hier auch gar nicht. Ich fasse kurz zusammen: 1992 hat das Gesundheitsamt deinen Laden für drei Monate geschlossen. Die Bank hat dir den Hahn zugedreht, bis dir die Puste ausging, du hast deine Leute entlassen, du warst am Ende, du sahst dich schon mit fünfzig stempeln gehen und bald darauf als Sozialhilfeempfänger, und du würdest nicht mal eine große Rente kriegen, weil du immer nur den Mindestbeitrag eingezahlt hattest. Deine Alte war noch stinkiger als sonst – falls das möglich ist –, du saßst in der Falle und glaubtest schon, deine Tage als Penner fristen zu müssen. Doch zum Glück kam gerade Raymond, dein Schwager, aus dem Knast, er hatte etwas Geld auf die Seite geschafft. Gaunerei bringt schließlich was ein. Er tat sich mit dir zusammen, er hatte die Absicht, seine Einlage gewinnbringend für sich arbeiten zu lassen. Wenn man aus dem Knast kommt, muß man sich neu einrichten, und das kostet. Er kannte eine portugiesische Gesellschaft, die – via Madeira – Sklaven von der afrikanischen Küste holt, wie in der guten alten Zeit ...»

«Hören Sie auf», brüllte Sénapi.

«Du hast keine Chance, in die Top 50 zu kommen, Mensch, also hör auf mit deinem Geplärre, da wird den

Kühen draußen ja die Milch sauer, und was das angeht, versteht man hier keinen Spaß..., wo war ich stehengeblieben, Gilles?»

«Sie lassen sich von Ihrem Schwager überzeugen. Sie senken radikal die Preise, Sie gewinnen Absatzmärkte zurück, indem Sie nicht sonderlich qualifizierte Arbeiter in Ihren Hinterzimmern versteckt halten...»

«Doch unglücklicherweise gelingt einem von ihnen die Flucht. Er schlägt sich bis Caen durch, wo er einem Jungen in die Arme läuft, der gegen die Sklaverei kämpft und der sich zusammen mit seinen Kumpeln ‹Wir lassen uns nichts gefallen› auf die Fahnen geschrieben hat. Verjot hat dir gedroht und angesichts deiner Hartnäckigkeit beschlossen, deinen Schatz zu befreien. Nun wurde der Schwager böse, ich weiß nicht, ob er selbst Verjot und seine Dulcinea umgelegt hat oder ob er diese niedere Tätigkeit anderen überlassen hat, und ihr konntet seelenruhig auf die nächste Fracht warten, wenn nicht der Schiffbruch dazwischen gekommen wäre und die Fracht ihren Bestimmungsort verfehlt hätte.»

Der andere, der so weiß wie seine Haare geworden war, schnappte nach Luft.

«Sei unbesorgt, du bist nicht der einzige, der dran ist, Raymond Durand dürfte um diese Zeit schon hinter Schloß und Riegel sitzen. Hauptkommissar Jaume wird ihm heute morgen in Caen das Frühstück ans Bett bringen.»

«Ich habe mit der ganzen Sache nichts zu tun, ich schwöre!»

«Das kannst du Hauptkommissar Jaume in aller Ruhe erzählen. Du wirst sehen, er ist sehr umgänglich, man könnte ihn für Raymond Souplex halten.»

Maurice' Betrachtungen über den ehemaligen Fernsehstar wurden von dem Geheul einer Polizeisirene unterbrochen. Scheiße! Die Sache war gelaufen! Jaume hatte seine Klappe nicht halten können und Périni alles erzählt.

«Polizei!» brüllte Périni, als er mit gezogener Waffe in das Büro stürmte, als führte er die Schlacht von Austerlitz an. «Ich habe dir schon mal gesagt, du sollst aufhören, auf meinem Fußballplatz zu spielen. Du bist ein Dickschädel, Laice!»

Außer sich vor Wut drehte sich Momo um:

«Du Arschgesicht konntest mal wieder nicht anders als herzukommen und alles aufzumischen, dabei lief hier alles glatt!»

Doch mit der glatten Piste war es vorbei, der Weg wurde steinig: Maurice sah nicht, wie Sénapi in die Schublade griff, seine Knarre herausholte und auf die versammelte Mannschaft zielte:

«Laß sie fallen!» brüllte Périni und richtete seine Waffe auf ihn.

Sénapi, geschüttelt von Parkinson im Endstadium, machte sich in die Hosen.

«Ich schieße!» brüllte Périni.

Kugeln pfiffen durch die Luft. Maurice sah, wie Sénapis Knie nachgaben, während sein Blick starr zur Decke gerichtet war. Die Sahnehaube, die ihm als Haarschopf diente, kräuselte sich im Zeitlupentempo, ein großer roter Stern durchnäßte sein himmelblaues Hemd, und in einem letzten Aufbäumen spuckte seine Knarre noch einmal, bevor sie sich zu dem inmitten der Aktenordner Zusammengebrochenen gesellte.

«Verflucht», schrie Gilles und ging in die Knie.

Scheiße! Maurice stürzte zu ihm. Eine flammendrote Nelke zeichnete sich genau über dem Gürtel auf seiner Jeansjacke ab, und eine dickliche, cassisfarbene Creme sprudelte daraus hervor.

«Mach keinen Scheiß, mein Junge, wo ich doch zum ersten Mal Trauzeuge sein soll. Du wirst mir die Feier doch nicht verschieben ...»

Er hob vorsichtig seinen Kopf, Gilles lächelte sanft, sein

Blick war verschleiert, sein braunes Gesicht nahm die Farbe von Sauce hollandaise an:

«Ich glaube, Chef, ich sehe alles unheimlich reduziert…, ich werd's nicht mehr lange machen.»

GÄNSEKACKE

Agnès lief zu dem himbeerfarbenen Twingo und ließ sich auf den Beifahrersitz fallen:

«Wohin fahren Sie?»

Die rothaarige Annick Favre, deren mongolische Bräune schon fast wieder verblaßt war, sah sie verdutzt an:

«Nun, nach Hause!»

«Das trifft sich gut, da will ich auch hin!»

Agnès war mit Vorsicht zu genießen. Zwei Stunden lang hatte sie sich in dem Chaos von Belleville vor Annicks Kanzlei die Beine in den Bauch gestanden. Stufe 2 der Luftverschmutzung, und das verfluchte Hochdruckgebiet, das über der Île-de-France hing und den Himmel in eine undurchdringliche Schicht mit der gelblich-bräunlichen Farbe von Gänseexkrementen verwandelte, hatte ihr Halsschmerzen beschert.

«Was soll das bedeuten?» zeterte die Anwältin.

«Daß ich die Nase voll davon habe, Ihnen hinterherzulaufen. Es tut mir leid, daß ich Sie damals gewissermaßen vollgekotzt habe, doch das heißt noch lange nicht, daß ich einen Schuß habe. Ich bin sicher, daß Baptiste beseitigt worden ist; eigentlich wissen Sie das genausogut wie ich, und im übrigen schon sehr viel länger. Was Elvis angeht, so muß ich feststellen, daß Sie nicht einmal die Höflichkeit beziehungsweise den Anstand haben, sich zu erkundigen, ob sich etwas Neues ergeben hat! Seien Sie unbesorgt, ich habe ihn aufgespürt, er brachte Ordnung in die Angelegenheiten seines Vaters und machte gleichzeitig die ersten Erfahrungen im Bett. Wie es scheint, hat er was auf dem Kasten. Der ist später in der Lage, Bestseller zu schreiben, zwei Vollzeitkräfte zu beschäftigen und gleichzeitig in jedem Pariser Arrondissement eine Geliebte sitzen zu haben.»

Mit einem Gesicht, das ausgebleichtem Packpapier ähnelte, startete die Überlebende von Ulan Bator, ohne zu murren, ihr rotes Früchtchen und fädelte sich in den 17-Uhr-Stau ein.

«Youssouf hat mir erzählt, mit welchem Einsatz Baptiste sich in eine Wiederbeschaffungs-Aktion der Gelder gestürzt hat», sagte Agnès. «Sie sind angeblich nicht auf dem laufenden. Sie werden verstehen, daß ich es vorziehe, Ihnen nicht zu glauben?»

«Ich selbst habe Ihnen neulich abend in meiner Wohnung von der Sache mit dem Bauernhofprojekt in Kamerun erzählt... Ich weiß, daß Baptiste sehr viel Scherereien deshalb hatte, und ich habe Ihnen auch gesagt, wie sehr es ihm am Herzen lag!»

Agnès sah, wie sie die Zähne zusammenbiß.

«Hören Sie auf, die Unnahbare zu spielen, Annick!»

«Ich habe nicht das Gemüt eines Robin Hood! Wenn Sie sich als Rächerin aufspielen wollen, so ist das Ihre Sache!»

Sie setzte zu einem ausgiebigen Klagelied über ihre permanente Arbeitsüberlastung und ihre kümmerlichen Honorare an. Agnès schenkte sich die Bemerkung, daß diese bedauerliche Lage es ihr ermöglichte, in einer zweigeschossigen Komfortwohnung zu leben, die sie regelmäßig verließ, um irgendwelche Taigas zu erkunden.

«Und was nun?»

«Warum diesen ganzen Schmutz wieder aufwühlen? Gibt es nicht schon genug Tote?»

War das eine Warnung? Eine Drohung? Genau darauf wartete Agnès. Wenn sie ihr Leben riskierte, dann hieß das doch, daß sie an der richtigen Stelle nachbohrte. Hatte Annick Angst um ihre sonnenmilchgeschützte Epidermis oder peinigten sie die grauenvollen Schandtaten, die sie zur Komplizin der Morde an Baptiste und Gloria gemacht hatten?

«Sie haben Gloria noch einmal getroffen, nicht wahr?»

Die andere antwortete noch immer nicht. Agnès starrte auf das Armarturenbrett. Warum sollte Gloria nicht ebenso gekämpft haben wie sie jetzt, um die ganze Sache zu verstehen?

«Zu einem bestimmten Zeitpunkt in seinem Leben hatte Baptiste wirklich die Nase voll, das habe ich begriffen», sagte Agnès. «Er ist wütend geworden. Und dazu hatte er auch allen Grund. Seit zehn Jahren sah er, wie sich die Situation in Afrika verschlechterte: Aids, die ethnischen Säuberungen in Ruanda, das Chaos in Algerien, die Unsummen von Petrodollars. Kurz, er hat sich aufgeregt, er hat Leuten gedroht, sie erpreßt, um das Geld wiederzubeschaffen und in die vorgesehenen Kanäle zurückzuführen. So weit, so gut! Entweder war es dieser Ausbruch, der ihm den Unfall an einer Leitplanke beschert hat, oder das war erst der Anfang!»

Die andere fuhr noch immer, ohne den Mund aufzumachen. Agnès hatte nicht übel Lust, diese Ziege zu ohrfeigen!

«Ich frage mich gerade, ob ich Ihnen gleich eine knallen oder damit noch ein wenig warten soll.»

«Sie sind wohl nicht ganz bei Trost! Sie brauchen anscheinend etwas frische Luft!»

«Sie scherzen! Stufe 2 der Luftverschmutzung bringt mich an den Rand eines Asthmaanfalls...»

«Scheint so, als würden jährlich einige daran sterben, vielleicht habe ich ja Glück!»

«Sie haben Gloria noch einmal getroffen, nicht wahr?»

«Vor meiner Abreise in die Mongolei ...»

«Verdammt, Sie sind wirklich das Letzte! Sie haben mich an jenem Abend vollkommen eingewickelt.»

«Oh, ich bitte Sie! Ich habe mit dem Anfang begonnen, bevor Sie mir auf meine Nikes gekotzt haben.»

«Wenn Sie wollen, daß wir Klartext reden, habe ich Ihnen einiges zu sagen: Sie sind die einzige konkrete Verbindung zwischen Baptiste und Gloria, anders gesagt, die Verdächtige Nr. 1, und die Polizei ist schon informiert!»

Agnès übertrieb ein wenig, denn den Bullen, in diesem Fall Maurice, war die Anwältin völlig gleichgültig.

«Wir sind da!» meinte die andere mit Leichenbittermiene und parkte das Auto. «Kommen Sie mit rauf? Das bringt Sie vielleicht wieder auf den Teppich!»

Drei Minuten später, als sie vor der widerlichen Schicht des Pariser Himmels saßen, die von den großen Glasfenstern in der zweigeschossigen Wohnung geteilt wurde, entschloß sich diese Null von einer Anwältin endlich zu reden, zumindest ein paar Brocken auszuspucken:

«Ich hatte Gloria seit Baptistes Beerdigung nicht mehr gesehen. Sie erklärte mir, sie wolle mich sprechen. Bei mir zu Hause, nicht in der Kanzlei. Ich habe sie zum Abendessen eingeladen.»

«Wann war das?»

«Am siebten, zwei Tage vor meiner Abreise nach Ulan Bator ...»

Fünf Tage vor Glorias Ermordung. Agnès war in Japan damit beschäftigt, das Kamasutra ins Japanische zu übersetzen.

Die Anwältin schenkte ihr einen Portwein ein, sie versuchte, Zeit zu gewinnen. Es fiel ihr schwer, darüber zu sprechen. Agnès fragte sich, ob sie aufgeregt war, oder ob sie sich nach und nach etwas ausdachte, während sie in aller Seelenruhe ihr Seemannsgarn spann:

«Sie sagte, sie wisse, wer ihren Mann getötet habe und warum.»

«Daran haben Sie stets ihre Zweifel gehabt, nicht wahr?»

«Mehr oder weniger.»

«Wer war es?»

«Ich weiß es nicht!»

«Sie sollten mich lieber nicht auf den Arm nehmen! Wenn man mich reizt, neige ich dazu, Schläge auszuteilen, die ihre Spuren hinterlassen!»

«Ich weiß nicht wirklich, wer ihn getötet hat. Es war normal, daß Gloria mir nicht alle Einzelheiten nannte, solange sie nicht sicher war, daß ich einwilligen würde, mich des Falls anzunehmen und mich gemeinsam mit ihr dafür zu engagieren. Selbst wenn sie Vertrauen zu mir hatte, weil ich eine Freundin von Baptiste war. Sie fürchtete, ein anderer Anwalt könne sie abblitzen lassen oder sie sogar verraten. Sie wollte, daß ich die Untersuchung weiterführte, die sie begonnen hatte. Sie sagte, sie habe nun genügend Einzelheiten zusammengetragen, um einen Prozeß anzustrengen.»

«Aber sie wird sich doch nicht damit begnügt haben, Sie lediglich damit zu ködern ...»

«Nein. Sie hat vom GIFA gesprochen ...»

«Von was, bitte? Können Sie mir das übersetzen!»

«Groupement des Investisseurs Français en Afrique, dem Verband der französischen Investoren in Afrika. Von dort kam, ihr zufolge, der Befehl, Baptiste zu beseitigen. Sie kannte jemanden aus dem Verband, einen Vertrauensmann, mit dem sie sich drei Monate zuvor getroffen hatte. Er hatte sich lange bitten lassen, doch schließlich eingewilligt, für sie auszusagen.»

«Und Sie wissen nicht, wer das war?»

«Sie zwingen mich, mich ständig zu wiederholen, verdammt noch mal!»

«Ich denke mir, daß Ihr GI ... Dingsda, daß das die Creme der Leute ist, die ihr Geld mit Afrika machen, die Art von Menschen, die beweisen, daß das diesem Kontinent vorbestimmt ist.»

«In gewisser Weise ..., und Baptiste hatte zwangsläufig mit ihnen zu tun.»

«Zwangsläufig! Denken Sie an etwas Bestimmtes?»

«Nein!»

«Haben die mit dem Bauernhofprojekt zu tun?»

«Keine Ahnung! Doch auf der Ebene, auf der die agieren, ist das nur ein kleines Projekt. Ich bezweifle, daß sie sich mit solchen Dingen abmühen!»

«Falls es für die Mühe bedeutet, einen Typen zu liquidieren, was eher zweifelhaft ist, bei der Zahl von Geheimpolizisten, die auf ihrer Gehaltsliste stehen müssen. Wie war Gloria?»

«Entschlossen! Im Grunde, glaube ich, war sie erleichtert, eine Entscheidung getroffen zu haben ...»

«Und was haben Sie ihr geantwortet?»

«Daß ihr Vorstoß sinnlos wäre. Es war nicht mehr möglich, zu beweisen, daß Baptistes Tod kein Unfall war! Sein Auto war schließlich nicht im Museum aufbewahrt worden! Vier Jahre später war es bereits ein Blechwürfel auf irgendeinem Schrottplatz, das war ganz normal! Falls das Fahrzeug manipuliert worden war, konnte man das nicht mehr nachweisen!»

«Ich nehme an, daß Gloria die Gründe erhellen wollte, aus denen man ihren Mann hatte zum Schweigen bringen wollen.»

«Genau das hat sie gesagt. Als Baptiste starb, war sie nicht in der Lage gewesen, etwas zu unternehmen. Erst im Laufe der Jahre haben sich gewisse Informationen zusammengefügt.»

«Was haben Sie ihr also letztlich gesagt?»

«Daß ich übermorgen abreisen, mich aber nach meiner Rückkehr bei ihr melden würde, daß ich darüber nachdenken müsse ...»

«Und, haben Sie darüber nachgedacht?»

«Wozu wollen Sie das jetzt noch wissen?»

«Meine Güte, Sie stehen vielleicht auf dem Schlauch! Ich mache Ihnen gerade denselben Vorschlag wie Gloria!»

Annick wirkte verstimmt, nun war sie überfordert:

«Warum stürzen Sie sich nicht gleich in die Seine, auf diese Weise schonen Sie zumindest das Leben anderer!»

«Weil Sie glauben, daß man uns jetzt, in diesem Augenblick überwacht? Daß Mikrofone in Ihrer Yucca-Palme unter den Beinchen der Vogelspinne versteckt sind?»

«Ich möchte mich ganz unmißverständlich ausdrücken, Agnès. Was Ihren Vorschlag angeht, so lautet meine Antwort: nein!»

«Das können Sie mir doch nicht sagen!»

«Soll ich es Ihnen lieber vorsingen? Es tut mir leid. Ich bin keine Heldennatur!»

«Hat Sie mit Ihnen über Geld gesprochen?»

«Wie meinen Sie das?»

«Hat Sie Ihnen von einer Geldsumme erzählt, die Baptiste wiederbeschafft hatte und die eigentlich für das Bauernhofprojekt bestimmt gewesen war?»

«Nein, sie hat gesagt, es sei an der Zeit, ihm Gerechtigkeit widerfahren zu lassen, das sei sie Baptiste und seinem Sohn schuldig.»

Agnès zuckte zusammen. Nun war sie diejenige, die versuchte, Baptiste, seinem Sohn und Gloria Gerechtigkeit widerfahren zu lassen.

«Sie fühlte sich schuldig ...»

«Was versuchen Sie, mir damit nicht zu sagen?»

«Sechs Monate vor seinem Tod hatte Baptiste von der Liaison zwischen Gloria und Nouredine erfahren. Ihre

Schwester fand ein paar Wochen nach seinem Tod einen anonymen Brief in Baptistes Unterlagen.»

«Wirklich anonym?»

«Gloria nahm an, daß er von Nouredines Frau stammte. Nouredine hatte immer behauptet, seine Frau wisse von nichts, doch das bezweifelte sie.»

Agnès hatte es auch bezweifelt. Eine Frau weiß fast immer Bescheid...

«Gloria kannte Nouredines Frau nicht, sie war ihr niemals begegnet. Doch sie konnte sich vorstellen, wozu eine eifersüchtige Frau fähig war. In dem Brief lag anscheinend auch ein Foto, auf dem Nouredine und Gloria sich küßten.»

«Baptistes Wut im Jahre 1994 erklärte sich also auch aus dieser Entdeckung...»

Armer Baptiste. Auf der ganzen Linie gehörnt! Agnès fragte sich, was wohl mehr Platz in seinem Kopf eingenommen hatte. Das Scheitern des afrikanischen Projekts oder der Betrug seiner Frau? Diese Parallele war grauenhaft...

«So wie ich die Dinge verstanden habe», erklärte Annick, «fühlte sich Baptiste von allen Seiten im Stich gelassen und stürzte sich in eine Reihe selbstmörderischer Aktionen.»

Sie stand auf und schenkte sich ein zweites Glas Portwein ein, das sie in einem Zug leer trank:

«Als Sie sich am Tag meiner Rückkehr auf mich stürzten, haben Sie mir einen Heidenschreck eingejagt. Gloria ermordet, Elvis verschwunden, ich hatte das Gefühl, die dritte auf einer Todesliste zu sein...»

Agnès konnte sie gut verstehen, doch sie hatte keine allzu große Lust dazu. Diese Frau hatte ihr einen Bären aufgebunden, und das tat sie unter Umständen noch immer! Es war ein Leichtes, Glorias Information an einen der einflußreichen Leute beim GIFA weiterzuleiten und in aller Seelenruhe abzureisen und die Geister Dschingis Khans zu bezwingen, während andere das Nötige erledigten.

«Vielleicht waren Sie diejenige, die Gloria verpfiffen hat. Sie wußten, daß Sie bei Ihrer Rückkehr liquidiert wäre ..., das war sehr bequem!»

«Warum sagen Sie das?»

«Weil Sie die einzige sind, die wußte, was Gloria vorhatte! Der GIFA stand nicht unter Handlungsdruck, schließlich wußte man dort nichts von einem Prozeß ...»

«Wollen Sie damit sagen ...»

«So ist es! Ich verdächtige Sie! Versetzen Sie sich in meine Lage, Sie weigern sich, Ihre Arbeit zu tun. Da stimmt etwas nicht, wenn man sich einfach so aus der Affäre zieht! Nun, Sie werden das der Polizei erklären ...»

Annick Favre fühlte sich nicht wohl in ihrer Haut, sie wußte mehr, als ihr lieb war:

«Gloria zufolge hatte sich Baptiste kurz vor seinem Tod mit einem Journalisten der *Africa-Reportages* getroffen. Bruno Meynard. Er gehörte zu Baptistes und meinem Jahrgang an der juristischen Fakultät. Damals, nach Ihrem Besuch, habe ich versucht, ihn ausfindig zu machen. Er arbeitet nicht mehr für diese Zeitung. Niemand konnte mir sagen, was aus ihm geworden ist, keine Spur von ihm im Minitel-Videotext der Post ...»

«Auch er beseitigt?»

Annick fröstelte und schenkte sich ein Glas Portwein nach, sie sah schlecht aus.

«Man muß ihn finden», murmelte Agnès. «Doch das fällt nicht in mein Ressort. Das können Sie mit der Polizei besprechen.»

GRAU

«Ich kann wirklich nicht in Urlaub fahren, ohne daß Sie irgendwelchen Unsinn anrichten, Kommissar!» wetterte Kriminalrat Billaud, eine Handvoll Knochen, zerquetscht von 130 Kilo Fett.

Während er nervös zwei Zimtkaugummis zermalmte, zählte Maurice die Dielenbretter, vier zwischen den Stuhlbeinen, neun zwischen den Tischbeinen, zweiundvierzig in der Breite des Zimmers. Das war eine Erholung, ein wohltuendes Vergessen. Wie schaffen es die Leute, ihren Kopf freizubekommen? Er hatte nie einen freien Kopf, im günstigsten Fall war er voller Zahlen.

«Périni ist außer sich vor Wut, er will die Dienstaufsichtsbehörde einschalten, und ich kann nichts für Sie tun. Was ist denn das für eine Geschichte mit diesen ausgeflogenen illegalen Einwanderern?»

«Ausgeflogen ist die richtige Umschreibung. Wie Sie wissen, ist Chausey ein Vogelschutzgebiet.»

Billauds Gesicht war gerötet, wie das eines Metzgers, und der Aufenthalt bei seiner Tochter in Orange war nicht gerade zu seinem Vorteil gewesen. Wie die Vampire reagierte er allergisch auf Knoblauch.

«Sie durften nicht ohne Périni in der Fischfabrik eingreifen. Wenn Sie nicht Mist gebaut hätten, wäre Gilles noch am Leben.»

«Wenn Périni keinen Mist gebaut hätte, wollten Sie wohl sagen, Herr Kriminalrat! Dieser Idiot mit seinen Sirenen, er glaubt wohl, er sei in Miami!»

«Ich sehe mich gezwungen, Ihnen den Mordfall im Thalasso-Institut zu entziehen, Laice. Sie sind zu weit gegangen!»

Maurice fühlte eine unendliche Müdigkeit, er wünschte sich nur noch, daß Billaud ihn ein für allemal fertigmachte und ihn versetzte. Er wollte den Unsinn, den dieser Fleischberg von sich gab, nicht mehr hören müssen.

«Das liegt an meinen Genen, Herr Kriminalrat», murmelte er und kaute auf seinem Zigarillo herum, «die Lust auf Blut, auf große Gemetzel, ich habe zu viele amerikanische Filme gesehen! Wozu ist man Bulle, wenn man sich nicht hin und wieder amüsieren darf…»

Er knallte die Tür hinter sich zu. Dank Gilles und seiner Hilfe hatte Jaumes Raymond Durand, den Ex-Knacki und Schwager von Sénapi, festnehmen können. Doch das zählte überhaupt nicht. Durand hatte die beiden Zombies verpfiffen, den Kahlen und den Gelockten vom Phantombild, seine «Vollstrecker», die er im Knast kennengelernt hatte. Bei der Wohnungsdurchsuchung des Kahlköpfigen hatte man Blutspuren der Beschnittenen auf einer Hose gefunden. Dieser widerliche Metzger hatte bereits fünf Jahre wegen Vergewaltigung gesessen und während des Algerienkriegs Geschmack an der Folter gefunden. Bei Djamila hatte er beschlossen, das Angenehme mit dem Nützlichen zu verbinden: eine Fatima zu beschneiden und sich eine Kapitalrente von Sénapi und Co. auszahlen zu lassen. Doch Billaud war es egal, ob man die Täter festnahm, wichtig war, die Dinge in der richtigen Reihenfolge und den Vorschriften entsprechend zu erledigen. Und Gehorsam, das war nicht Momos Ding. In den zwei Jahren, die Billaud jetzt in Granville war, nachdem sein Vorgänger in Rente gegangen war, hatten sie dauernd Krach gehabt!

In der Eingangshalle des Thalasso-Instituts, in der Nähe der Balneotherapie, hängte Mireille ihre neuen Tarife für Epilation, Gesichtspflege und Wimpernfärben in einem speziell für den Kosmetik-Salon reservierten Glaskasten aus. Aus den verschiedenen Einrichtungen und Schwimmbädern drang ein Glucksen herüber. Wie viele Liter Meerwasser flossen tagtäglich durch dieses Röhrenspektakel? Tausende? Millionen?

«Die Sache mit dem Jungen war ein schwerer Schlag für dich, was?» erkundigte sich Mireille, die ihren Momo kannte.

‹Nicht einer, tausend!› dachte Maurice. Wenn er sich schon einmal auf jemanden einließ, ihn ein Beinahe-Sohn bat, Trauzeuge zu sein...

«Zehn Schläge täglich an Stellen, wo es ordentlich weh tut, und das mindestens drei Jahre lang!»

Er sah auf sein erloschenes Zigarillo, das er zwischen Daumen und Zeigefinger hielt. Er fühlte sich alt. Hinter den Fenstern schwebte der milchige Himmel, von Flugzeugen vollkommen bekritzelt, über dem Ärmelkanal, der wie in einer tropischen Lagune den perlmuttschimmernden Sand streichelte. In der Ferne trennte eine deutlich erkennbare Linie das ruhige, türkisfarbene Wasser von dem dunkleren. Dahinter fuhr ein Segelboot geradewegs Richtung Küste. Man hätte es für einen Menschen halten können, der über das Meer ging. Maurice fühlte sich eher in der Rolle eines Ertrinkenden.

«Und, immer noch nichts Neues?»

Mireille verzog das Gesicht.

«Was die Kunden angeht, herrscht seit dem Mordfall Ebbe. Ich kann dir nichts Konkretes bieten.»

«Ich werde noch wahnsinnig, Mireille», stöhnte Maurice. «Bei dem Mord an dem Mädchen kann ich wieder bei

Null anfangen. Du mußt mir helfen! Sie ist von jemandem getötet worden, der die Örtlichkeiten sehr gut kannte.»

«Und die beiden anderen Morde?»

«Ich fürchte, sie haben mit dieser Sache nichts zu tun. Die beiden Verrückten, die Verjot und seine Freundin umgebracht haben, wären im Thalasso-Institut aufgefallen. Sie sind ein anderes Kaliber und außerdem fällt das Verbrechen in eine andere Kategorie. Einerseits das kleine Unternehmen und der kleine Ganove, und andererseits ..., nun, das wird sich herausstellen!»

«Sollen wir heute abend zusammen essen gehen?»

«Ich bin völlig erledigt, Mireille, wenn du wüßtest. Ich bräuchte den Schlaf von Dornröschen, um mich wieder zu erholen.»

«Ein Dornröschen in auswegloser Lage ..., das ungeküßt bleibt.»

Er umarmte und küßte sie und machte sich schnell davon, aus Angst, ihr noch mehr sein Herz auszuschütten. Langsam fuhr er mit seinem Peugeot 205 an den Stränden im Norden von Granville entlang, bevor er in eine etwa zehn Jahre alte Hochhaus-Siedlung abbog, die weit genug vom Meer entfernt lag, um die Touristen nicht zu verschrecken.

Er hielt vor dem Haus Nr. 18c in der Rue des Glycines. Es war wirklich unglaublich, daß Orte, an denen es nichts als nackten Beton gab, solche Namen trugen. Im dritten Stock geleitete ihn ein ungefähr zwölf Jahre altes Mädchen zu Gilles' Vater, einem Mann mit vom Kummer verhärmtem Gesicht und von Leid erfüllten Augen.

«Er hat Sie sehr gemocht, Herr Oberkommissar ...»

Maurice, der in diesem Moment befördert worden war, umarmte den alten Mann und küßte die tränenüberströmte Mutter. Sie boten ihm Tee und mit Honig glasierten Kuchen an. Gilles' Eltern waren 1965 aus Algerien, aus Constantine nach Frankreich gekommen, hatten dem Staat dreiunddreißig Jahre gute und treue Dienste geleistet, vier Kinder, Gilles war der Zweitjüngste. Der Junge würde posthum ausgezeichnet werden, der Präfekt höchstpersönlich sollte zu seiner Beerdigung kommen. In seinem Zimmer, an dessen Wänden Poster von Platini, Cantona und Jalabert hingen, «ruhte» – wie man aus Angst vor dem Tod so schön sagt – Gilles auf seinem schmalen Bett. Er wirkte wie ein fünfzehn-, sechzehnjähriger Junge, ein für allemal reduziert festgehalten, und das Foto der blonden Verlobten, die kurz vor der Hochzeit zur Witwe geworden war, lächelte den Wecker an. Maurice, der kurz davor war loszuheulen, wollte sich nicht aufhalten. Er zerdrückte die Tränen der Mutter an seinen Wangen. Billaud hatte im Grunde genommen Recht: Es war seine Schuld. Er war immer in der Nähe der Toten, nahe bei Gilles, der so gerne ein guter Polizist sein wollte, nahe bei Verjot, der in seiner Dreiecksbeziehung mit Papa-Mama im süßen und furchtbar durchschnittlichen Frankreich gefangen gewesen war, und nahe bei Gloria, deren graziöse Bewegungen bei den Übungen der Rückenschule er so oft vor Augen hatte.

«Bleiben Sie noch ein bißchen, Stéphanie wird gleich kommen, sie ist nur kurz weggegangen.»

Maurice verspürte nicht die geringste Lust, diesem hübschen Stück Blätterteig-Mandel-Gebäck, das eine so hervorragende *Tarte normande* machte, zu begegnen. Es war auch so schon schlimm genug, ohne das anrührende junge Mädchen, dem – während das Aufgebot noch aushing – das Herz gebrochen wurde. Es war besser, all diesen Unsinn zu vergessen, die Handvoll Reis, die man beim Verlassen des Standesamts warf, so viele Jahre bis zur Scheidung wie Reiskörner im Slip der Braut!

Unter einem aschgrauen Himmel machte er sich wieder auf den Weg nach Caen. Die normannische Landschaft um ihn herum, der Bocage, war verschwommen. Man hätte meinen können, Momo stünde das Wasser in den Augen. Er war wieder einmal in einer Mordsache unterwegs, aber diesmal war er mit einer Haussuchung beauftragt – damit er, während er auf seine Versetzung wartete, den Fall Gloria vergaß. Ohne Wellen zu schlagen. Ein Dreiundzwanzigjähriger hatte eine Alte umgelegt, die er zuvor ausgeraubt hatte. Routine. Gegenstände auflisten, um herauszubekommen, wie viele Diebstähle auf das Konto des Jungen gingen. Dem Untersuchungsrichter Beweise liefern.

Nach der Haussuchung fuhr Maurice bei der Post vorbei, schlug etwas im Telefonbuch nach, trank gegenüber den kupfergefaßten Schaufenstern von Villedieu einen Calvados und fuhr dann wieder auf der Küstenstraße Richtung Granville. In den Sachen des zum Mörder gewordenen Diebes war Momo ein Erinnerungsstück aufgefallen. Wer hatte noch gesagt, die Erinnerung sei die Zukunft der Vergangenheit?

Sechs Uhr, die Sonne versank hinter einer großen Wand aus dicken schwarzen Wolken, die aus dem Meer aufragte. Auf Chausey regnete es bereits, schräge Streifen verbanden die Inseln mit dem Himmel. Maurice dachte, daß ihm das Meer, das er nicht sonderlich liebte, doch fehlen würde. Das unendliche Lichterspiel über Ebbe und Flut und über den Inseln war das unterhaltsamste Schauspiel für seine Augen, die mit den Farben auf Kriegsfuß standen. Nie mehr würde er glauben, daß sich auf dem Montmartre, am Ende der Rue Berthe, das Meer befand. Das Meer war nicht nur ein Bild, eher eine Krankheit, etwas, was sich einem in den Wanst brannte und nicht mehr verheilen wollte.

Er fuhr durch das Tor in die Oberstadt und hielt vor einem kleinen, dreigeschössigen Gebäude. Um diese Zeit bestand durchaus die Chance, daß ein Bankangestellter bereits von der Arbeit nach Hause gekommen war. So war es auch.

«Monsieur Roullet, Kommissar Laice. Ich komme zu einem rein inoffiziellen Besuch bei Ihnen vorbei. Vor rund zehn Tagen ist bei Ihnen doch eingebrochen worden...»

«Ah! Nein, verdammter Mist, ich habe es satt, daß die Leute, bei denen eingebrochen worden ist, heutzutage auch noch die ganzen Scherereien haben!»

Der aufgebrachte Mann war mißtrauisch und hatte die Tür nur einen Spalt weit aufgemacht.

«Ich komme nicht, um Ihnen Scherereien zu machen, ich brauche Ihre Hilfe. Ihr Dieb hat jemanden umgebracht, das ist kein Scherz mehr.»

Die Tür öffnete sich. Maurice trat ein. Roullet hatte eine Nase wie Cyrano de Bergerac, auf die graue, glatte Haare fielen.

«Nach dem Einbruch und der Geschichte mit dem Pädophilie-Video habe ich Ihre Akte gelesen. Ich habe mir gesagt, sieh an, ein Bankangestellter, einer, der Sinn für Zahlen hat, genauso wie ich, ein Kumpel also!»

«Ich glaube nicht, daß ich einen Sinn für Zahlen habe, ich mag meinen Job nicht.»

«Ich kann Sie verstehen», sagte Maurice mit einem kleinen Lächeln.

Die Vorstellung, es mit einem mürrischen Kerl zu tun zu haben, gefiel ihm, nicht die Sorte Mensch, die einen versucht glauben zu machen, sie sei glücklich, denn solche Leute waren ihm ein Greuel. Er fuhr fort:

«Also, ich zähle Dinge, einfach so, um die Zeit totzuschlagen. Ein Typ, der an jedem Tag, den Gott gemacht hat, an seinen Nägeln kaut, wie viele Kilo frißt der wohl im Laufe seines Lebens? Ich liebe Zahlen, die zusammenfassen, die alles in einer einzigen Zahl ausdrücken, nun..., vor allem im Fall des Nägelkauens.»

«Was wollen Sie?» fragte der Typ, davon überzeugt, es mit einem Irren zu tun zu haben.

«Sie arbeiten für die *Société Générale* in Granville. Alle

Konten des Thalasso-Instituts werden von Ihrer Bank verwaltet. Das ist meine Arbeit, sehen Sie, ich sammle ein und warte ab, ich warte darauf, daß sich alle Elemente irgendwo schneiden, wie es auch die Parallelen am Ende der Welt tun, die gar nicht so klein ist.»

Der andere fing ernsthaft an, die Geduld zu verlieren:

«Und?»

«Ich habe bei Ihrem Dieb eine Haussuchung gemacht. Zumindest wurde mir dort klar, daß es sich um Ihren Einbrecher handelt. Ich habe ein oder zwei Gegenstände gefunden, die Ihnen gehören: zum Beispiel einen Talisman, der Ihrem in Jugoslawien gefallenen Sohn gehört hat. Es steht sein Name drauf. Ich habe ihn weder auf die Liste der Beweisstücke gesetzt, noch auf die Inventarliste der Haussuchung. Er gehört mir!»

«Aber das ist widerlich!»

«Genauso wie der Ring mit den zwei Saphiren und drei Brillanten.»

«Sie sind ein verdammtes Arschloch!»

«Tut mir leid, ich habe eine Leiche am Hals, ein gut gebautes Superweib, das man in einer Thalasso-Wanne in Granville kaltgemacht hat. Sie läßt einen sechzehnjährigen Jungen zurück. Ich würde gern den Kerl zu fassen kriegen, der das getan hat ... Da ich zehn Tage lang mit einem anderen Fall beschäftigt war, muß ich wieder bei Null anfangen, und ich habe nicht viel Zeit ...»

«Ist mir doch scheißegal!»

«Das sollten Sie nicht sagen! Mit diesen Pädophilen-Geschichten ist im Moment nicht zu spaßen, ich hole den Fall wieder hervor, wenn ich will.»

«Nur zu! Mein Testosteronspiegel liegt unter Null, ich habe in meinem Leben drei Frauen gebumst, zwei Nutten und meine eigene, Frau wollte ich sagen, obwohl ich ruhig Nutte sagen könnte, denn die Huren waren im Vergleich zu dieser Schlampe wahre Heilige.»

«Ich weiß, ich habe den Bericht gelesen. Ihre Frau hat eine Videothek aufgemacht, die fragwürdigen Videos gehören ihr. Sie haben sich die Filme niemals angesehen und zur Zeit wird sie von der Polizei gesucht. Sie sehen, manchmal gibt es doch eine Gerechtigkeit!»

«Der Videorecorder hat bestimmt drei Jahre lang nicht funktioniert. Für sie waren die Filme erregend, ich hatte sowieso nie einen richtigen Steifen!»

«Sie würden das Gericht mit Sicherheit gut unterhalten, aber von da bis zu einem Freispruch ist es ein weiter Weg.»

«Es ist mir scheißegal, ob ich in den Knast wandere. Das Leben hier ist ohnehin zum Kotzen!»

«Sie hätten nicht zufällig ein Schlückchen Calvados für mich, denn Ihre Geschichten sind wirklich traurig, und ich bin ohnehin im Augenblick nicht besonders fröhlich!»

Jacques Roullet füllte zwei Weingläser randvoll mit Calvados, die sie in einem Zug leer tranken.

«Arbeiten Sie schon lange für die *Société Générale*?»

«Drei Jahre. Seit meine Alte mich verlassen hat. Davor habe ich bei meinem Schwiegervater gearbeitet, ein Camembert-Hersteller. Die haben mich nach Strich und Faden ausgenützt. Ich war der Schlampe völlig ausgeliefert. Ich hasse Käse, ich ertrage höchstens noch Schmelzkäse.»

«Sie müssen mir eine Liste aller vom Thalasso-Institut drei Wochen vor dem Mord eingelösten Schecks machen. Die Frau starb am zwölften.»

«Ich habe mit Ihrer Geschichte nichts zu schaffen. Warum sollte ich das für Sie tun?»

«Weil wir beide uns ähnlich sind. Wir taugen nur dazu, bei einem Gläschen Calvados unseren trüben Gedanken nachzuhängen. Sie sind nicht von hier, ich auch nicht.»

«Ich komme aus Lyon, ich bin dem Drachen hierher gefolgt. Stellen Sie sich das mal vor, fünfzehn Jahre bin ich jetzt schon hier, um BSE-Kühe zu fressen. Sobald jemand in meiner Gegenwart von Klößchen spricht, bekomme ich feuchte Augen.»

«Meine Mutter stammt aus dem Mâcon, also wissen Sie, was die Klößchen angeht, fühle ich wirklich mit Ihnen …»

TEE

«Ich sage Ihnen doch, ich habe eine heiße Spur!» schnaubte Agnès in ihr Handy. «Die Ärztin, diese Claude Brunet, ist nicht ganz sauber, und die Anwältin Annick Favre, also die hat bestimmt Dreck am Stecken. Aber dank ihr habe ich den Ansatz einer Spur zu den Mördern von Baptiste.»

«Und ich habe Sie eher für eine Feministin gehalten!» meinte Maurice. «Dabei scheint es nun so, als hätten Sie was gegen Frauen.»

«Sie müssen sie vernehmen, Herrgott noch mal!»

«Tut mir leid, ich kann Granville nicht verlassen, man hat mir den Fall ‹Gloria› entzogen. Offiziell ist das nicht mehr mein Ressort, und ich werde sicherlich über kurz oder lang versetzt!»

«Was ist das denn für eine Geschichte?»

«Wir haben die Kerle geschnappt, die Patrick Verjot und seine Freundin umgebracht haben! Ein unglaubliches Chaos, dabei ist mein Assistent erschossen worden.»

Agnès schwieg eine Weile.

«Der Kleine mit dem symphatischen Gesicht?»

«Genau der!»

Laice seufzte, er fühlte sich, als wäre er hundert Jahre alt. Er stellte sich Agnès in einem durchsichtigen, kurzen

Nachthemd vor. Er hätte sie so gerne in seine Arme genommen und ihr Inneres durchwühlt, auf der Suche nach etwas Frieden. Er hatte wirklich die Nase voll. Das Leben war zu blöd ohne sie oder jemanden wie sie, oder, anders gesagt, das Leben war einfach zu blöd, wenn man ganz allein war. Gilles war tot, Périni hatte gewonnen, Billaud würde ihn versetzen…

«Aber das ist doch nicht Ihre Schuld. Was werfen sie Ihnen denn vor?»

«Die Schuldigen festgenommen zu haben!»

«Ach, passiert Ihnen das auch mal, Maurice?»

Sie schwieg, bereute ihre Boshaftigkeit, doch sie hatte nicht anders gekonnt. Sie hatte ihren Wagen an der Place du Panthéon geparkt, zwei Schritte von Nouredines Wohnung entfernt. Ihr Handy rauschte wie verrückt, doch sie spürte deutlich, daß Laice nicht in Form war. Unabsichtlich hatte sie ihn, fast zärtlich, beim Vornamen genannt. Sie dachte, daß die Kommunikation besser klappen würde, wenn sie nackt in den Laken lägen und sich ihr Schweiß vermischte. Doch das war nicht der richtige Augenblick, um an so etwas zu denken.

«Wenn man Ihnen den Fall abgenommen hat, wer kümmert sich jetzt darum?»

«Ich werde mich heimlich weiter darum kümmern. Offiziell ist es Angelegenheit meines Chefs. Aber ich warne Sie, ich bin schon nicht von der schnellen Truppe, aber der ist wirklich eine Katastrophe!»

«Wohin werden Sie versetzt?»

«Keine Ahnung, aber das können die nicht in fünf Minuten entscheiden, und ich habe keine Lust, den Fall aufzugeben und Sie damit sitzen zu lassen!»

Ein Lächeln glitt über Agnès' Lippen. Zumindest war es ihr gelungen, ihn zu motivieren, das war immerhin schon etwas. Letztlich war er gar keine so große Niete. Im Fall von Baptiste und Gloria kam er nicht voran, aber bei den illegalen Einwanderern hatte er ganze Arbeit geleistet.

«Hören Sie auf, mich so zu bemuttern, Kommissar, das tut Ihrer Männlichkeit Abbruch!»

«Und die ist ohnehin nicht überschäumend!»

«Sie können ja nicht alle Fehler haben!»

Momo, der bäuchlings im Pyjama auf dem Bett lag, strich sich über seinen Zweitagebart. Er hatte das Gefühl, wie ein Gangster auszusehen. Er hatte Lust, für immer und ewig im Bett zu bleiben. Er war zu deprimiert, um sich von seinen Kissen loszureißen. Flüchtig tauchte Gilles' Gesicht vor seinen Augen auf. Agnès hatte ihr Kind wiedergefunden, er hatte das seine verloren. Scheiße! Er würde doch jetzt wohl nicht anfangen zu heulen. Er atmete tief durch und fragte:

«Wie geht es dem künftigen Premierminister?»

«Im siebten Himmel mit seiner Fee!»

«Dieser Glückspilz! Mir passiert so was nie!»

«Nun seien Sie nicht so deprimiert! Sie haben noch eine schöne Zeit vor sich ...»

«Soll das ein Antrag sein?»

«Na, sehen Sie, Sie behalten ja die Hoffnung, wenn Sie nur wollen! Es ist doch gut, daß ich Sie in der Leitung habe.»

«Passen Sie auf, daß Sie keinen Schlag bekommen. Ich stehe heute morgen unter Strom ...»

«Ganz schön aufgeblasen!»

«Ich bitte Sie, Agnès, Sie sprechen mit einem armen Kerl, der ganz alleine in seinem Pyjama dasitzt. Seien sie gnädig!»

«Ich empfehle Ihnen eine anständige Dusche, Casanova. Es gibt nichts Besseres, um die morgendliche Glut zu löschen!»

Sie legte auf und sagte sich, daß sie sich wirklich benahmen wie ein altes Ehepaar! Ihr Schlagabtausch an Sticheleien, der des Davis Cups würdig war, würde ihr fehlen. Aber sie hatte ohnehin nicht die Absicht, ihm von den Fersen zu weichen!

Sie stieg aus dem Wagen und bog in die Rue Fossés-Saint-Jacques ein. Nouredine wohnte im Haus Nummer acht.

Er erwartete sie im sechsten Stock eines Gebäudes aus dem 17. Jahrhundert, in einer Wohnung, von der aus man den Himmel und die Dächer sah, eine gemütliche Bleibe, vollgestopft mit Büchern und gewachsten Möbeln. Nicht gerade ein Zen-Anhänger, der Herr Diplomat. Er bot ihr einen Platz auf einem Chesterfield-Sofa aus Leder an. Er wirkte ausgeruht und jünger als bei ihren früheren Treffen.

«Ich habe Ihren Bruno Meynard aufgespürt. Er arbeitet in Brüssel für eine Firma, die Dokumentarfilme produziert...»

Während er Agnès ein Blatt Papier reichte, lächelte er ihr innig zu. Das zog ihr das Herz zusammen. Zum ersten Mal sah sie ihn mit den Augen der Liebe, so wie ihre Schwester ihn gesehen hatte.

Sie hatte nicht den Mut, ihm zu erzählen, daß Baptiste über seine Liaison mit Gloria informiert gewesen war, daß seine Frau ihm wahrscheinlich einen anonymen Brief geschickt hatte. Das hätte nichts geändert, außer, daß er sich in Schuldgefühle verstrickt hätte. In Anbetracht seines Seelenzustands schien er ihr fähig, sich aus dem Fenster zu stürzen! Aus dem sechsten Stock konnte das recht wirkungsvoll sein, und das hätte nur einen Toten mehr bedeutet!

«Was den GIFA angeht, so gehört ihm in der Tat die Creme der französischen Industriellen an. Afrika ist Manna für sie, dort gibt es viel zu bauen mit vielen internationalen Finanzhilfen. Dort kann man äußerst lukrative Geschäfte machen. Ich pflege seit Jahren keinen Umgang mehr mit diesen Leuten, da ich mich nur noch um kulturelle Belange kümmere. Bei meiner angeschlagenen Psyche hielt ich es für klüger, mich mit Künstlern zu umgeben als mit Geschäftsleuten, die einen zur Verzweiflung treiben. Aber ich kann Erkundigungen einholen. Ich frage mich, ob nicht sogar die Firma des Mannes meiner Exfrau zu dieser Gruppe gehört.»

«Des Mannes von ...?»

«Verzeihung! Der Mann, mit dem die Mutter meiner Kinder jetzt verheiratet ist, wenn Ihnen das lieber ist.»

«Es ist mir nicht lieber, aber ich verstehe es besser! Der Mann von ihrer Ex!»

«Ich habe die Leute vom GIFA vor etwa fünfzehn Jahren kennengelernt, zu jener Zeit, als der Wahlsieg der Linken Unordnung in die französisch-afrikanischen Kanäle brachte. Damals waren sie sehr aufgeregt. Übrigens glaube ich, daß an dem Tag, an dem ich Gloria kennengelernt habe, viele Vertreter des GIFA anwesend waren. *Elf* hatte eingeladen, um, ich weiß nicht mehr was, zu feiern. In jenen Jahren waren sie vergnügter als heute. Neben ihrem Verdienst schoben sie sich bereits viel Geld in die Tasche, doch noch wagte es niemand, ihnen daraus einen Vorwurf zu machen.»

«Muß ich mein elektronisches Wörterbuch zücken?»

«Wenn ich zu einer Erklärung aushole, werden Sie mir wieder vorwerfen, ich würde Sie mit meinem schwer verdaulichen Blabla behelligen.»

«Machen Sie's kurz!»

«In den ‹Öl-Ländern› Afrikas ist das Erdöl so einträglich, daß sich Afrikaner und Franzosen im Vorbeigehen etwas in die eigene Tasche stecken. Es gibt ständige Verhandlungen darüber, wie man sich den Kuchen aufteilt. Im Ölgeschäft wird das besonders deutlich, aber es gilt auch für alle anderen Bereiche. Wenn der Bau einer Straße, einer Pipeline oder eine Bohrung geplant ist, werden die Arbeiten nicht wirklich ausgeschrieben, es ist eher eine Art Poker: ‹Wieviel geben Sie mir, wenn Sie den Zuschlag bekommen?› Solche Vereinbarungen schaffen Bindungen, man revanchiert sich, das ‹Schwarzgeld› zirkuliert in alle Richtungen.»

«Im großen und ganzen Korruption …»

«Im großen und ganzen, ja! Und alle kommen dabei auf ihre Kosten, sowohl Afrikaner als auch Europäer, zumindest auf dem Erdölsektor. Die Millionen von Afrikanern, die an Aids oder Unterernährung sterben, haben keine Ahnung von den astronomischen Summen, die ihnen entgehen. Baptiste muß einen großen Coup aufgedeckt haben, und man hat es vorgezogen, ihn zum Schweigen zu bringen. Wenn Gloria der Sache nachgegangen ist...»

Er schwieg, weil ihm vor Rührung die Stimme versagte. Zuvor hatte er so kalt und unbeteiligt gesprochen!

«Darf ich Ihnen dennoch eine Tasse Tee anbieten? Kommen Sie mit nach nebenan, er ist fertig...»

Agnès folgte ihm in ein kleines Wohnzimmer, wo eine silberne Teekanne und Porzellantassen bereitstanden.

«Ist Ihnen bewußt, welcher Gefahr Sie sich aussetzen, wenn Sie die Fackel weitertragen, Agnès?»

Es war das erste Mal, daß er sie bei ihrem Vornamen nannte, und das berührte Agnès eigenartig. Gerade wollte sie ihn fragen, ob auch er sich der Risiken bewußt sei, die er einging, wenn er Nachforschungen für sie anstellte. Doch sie hatte keine Zeit, den Satz auszusprechen. Sie war wie erstarrt, unfähig, ein Wort über die Lippen zu bringen, denn das, was sie soeben erblickt hatte, erhellte alles mit einem grellen Licht, sagte ihr etwas, was sie sich nicht eine Sekunde lang vorgestellt hatte. Die Dinge sind immer komplizierter, als sie sein sollten. Der Zen-Meister in Japan hatte ihr gesagt, sie hätte das dritte Auge. Was für ein Quatsch! Sie hatte sich Sand in die Augen streuen lassen! Sie mußte sofort gehen, das war nicht der Zeitpunkt für ein Teestündchen. Jetzt ging es darum, die Teile des Puzzles zusammenzusetzen und die Sache endgültig aufzuklären. Sie hatte den Eindruck, im Fieberwahn mit den Zähnen zu klappern. Doch das war weder eine Grippe noch Müdigkeit, sondern einfach nur Angst. Ein drittes Auge, das sich langsam öffnete und ihr ein Loch in die Stirn brannte.

ORANGE

Als Jacques Roullet das Café betrat, saß Momo, von heftigem Herzrasen geplagt, vor seiner dritten Tasse Kaffee. Das Bistro war ganz in Resopal, im Fernseher flimmerte eine Serie, in der alle zwei Minuten irgend jemand losheulte. Der Bankangestellte hatte gute Arbeit geleistet. Auf einem Computerausdruck waren alle Schecks der Kunden aus Paris und Umgebung aufgeführt, die das Thalasso-Institut in den drei Wochen vor dem Mord an Gloria eingereicht hatte, und nach einzelnen Abteilungen geordnet: Anwendungen, Restaurant, Kosmetiksalon... Insgesamt waren es etwa vierzig Schecks.

«Sie sind zum Buchhalter oder Bankangestellten geboren», meinte Momo, «man sieht gleich, daß Sie einen Sinn für Ordnung haben.»

«Ich darf das gar nicht tun!» jammerte Jacques Roullet.

«Ich auch nicht! Ich bin nicht einmal mehr mit dem Fall betraut.

«Sie sind wirklich ein schräger Typ...»

«Sie trinken doch sicher einen doppelten Calvados mit mir?»

Momo strich alle Schecks, die von Kunden aus der Umgebung von Paris stammten, mit einem Marker orange an – das vermutete er zumindest, denn für ihn sah es eher bräunlich aus. Es blieben etwa ein Dutzend Namen. Er sah sofort die beiden Schecks von Gloria, einen hatte sie vermutlich zum Zeitpunkt der Anmeldung geschickt, mit dem anderen hatte sie nach ihrer Ankunft, zwei Tage vor ihrem Tod, den Restbetrag gezahlt. Der größte Scheck stammte von einem Paar aus Levallois, das seine Jahreskarte bezahlt hatte: Monsieur und Madame Oliveira. Momo sah sich jeden Namen genau an. Keiner sagte ihm etwas, übrigens fragte er sich, was sie ihm groß hätten sagen sollen. Unter den Gästen des Restaurants war eine gewisse Madame Claude Brunet. Der Name erinnerte ihn an etwas, aber an was? Er fand einen anderen Scheck dieser Dame in der Rubrik des Kosmetiksalons. Eine Kundin von Mimi! Beim dritten Schluck Calvados fiel es ihm dann plötzlich ein. Das bewies, daß die Behauptung, Alkohol töte die Gehirnzellen, reiner Blödsinn war! Es war die Ärztin, von der die Schwester aus den Yvelines ihm am Telefon erzählt hatte, die, die nicht ganz sauber war und Gloria kostenlos behandelte, sie hieß Brunet, genau! Er kippte seinen Calvados in einem Zug herunter und warf einen Hundert-Franc-Schein auf den Tisch:

«Danke, mein Guter, trinken Sie noch ein Glas auf mein Wohl!»

«Haben Sie etwas gefunden?»

«Ja, Mitesser auf meiner Nase, als ich mich heute morgen rasierte. Ich werde mir eine kleine Hautreinigung verpassen lassen.»

«Lassen Sie mir die Liste da, Himmel noch mal! Offiziell habe ich nichts mit der Sache zu tun!»

«Aus Ihrer Liste können Sie Konfetti machen! Und keine Angst, mit meinen Hautproblemen haben Sie nichts zu tun.»

In ihrem kleinen Salon, dessen Wände die Farbe der untergehenden Sonne hatten, beriet Mimi eine Kundin bei der Wahl eines kußechten Lippenstifts. Momo trat ungeduldig von einem Fuß auf den anderen.

«Dieser ist matter, aber er hält besser, er färbt absolut nicht ab und paßt gut zu Ihrem Teint.»

Endlich bezahlte die Kundin ihre Behandlung und ihren langhaftenden fuchsienfarbenen Lippenstift.

«Vielen Dank, auf Wiedersehen und ein schönes Wochenende ...»

Mimi küßte Maurice zur Begrüßung:

«Kommst du heute als Polizist oder als Freund?»

«Polizisten sind nie gute Freunde, mein Mädchen. Ich bin hinter einer deiner Kundinnen her: Claude Brunet!»

«Der Herr hat Geschmack! Sie ist gut gebaut!»

«Du weißt also, wen ich meine. Sie ist nicht aus Granville?»

«Nein, aber sie hat eine Jahreskarte im Thalasso-Institut, ihr Boot liegt im Yachthafen. Sie kommt schon seit Jahren, meistens am Wochenende oder in den Ferien ...»

«Sie hat dir am vierten – das heißt acht Tage vor Glorias Tod – einen Scheck ausgeschrieben ...»

«Möglich ... Warte, ich sehe in meinem Terminkalender nach ... Ja, genau ... an einem Freitag. Ich habe dir ja gesagt, sie kommt oft am Wochenende ... Aber seither habe ich sie nicht mehr gesehen ...»

«Wie geht das vor sich, wenn man eine Jahreskarte hat?»

«Man kann alle Einrichtungen besuchen, wann man will.»

«Wird der Besuch irgendwo vermerkt?»

«Nicht immer. Normalerweise läßt man seine Karte an einer Art Steckbrett am Eingang, aber viele tun das nicht. Und oft ist niemand am Empfang.»

«Man kann also ungesehen hereinkommen?»

«Man kann seinen Mantel an der Garderobe lassen. Wenn man Sportzeug darunter anhat, ist das kein Problem, man braucht sich nicht einmal den Schlüssel zu den Umkleideräumen zu holen und kann, ohne Aufmerksamkeit zu erregen, im ganzen Haus herumlaufen.»

«Claude Brunet hätte also an Glorias Todestag hier sein können, ohne besonders aufzufallen?»

«Natürlich, ihr Gesicht ist bekannt, man weiß, daß sie eine Jahreskarte hat ...»

«Wie ist sie?»

«Sehr schick und vornehm, nicht sehr gesprächig und nicht gerade das nette Mädchen von nebenan, mit dem ich in Urlaub fahren würde.»

«Was weißt du von ihr?»

«Sie ist Ärztin, sie hat Kohle, und sie ist mit einem sehr erfolgreichen Typen verheiratet.»

«Wußtest du, daß sie Gloria kannte?»

«Die Frau, die ermordet wurde? Nein!»

«Und wie heißt ihr Schiff?»

«Ich habe sie irgendwann am Hafen getroffen, als sie gerade das Deck scheuerte. Ich erinnere mich nicht mehr an den Namen. Ich glaube, es ist ein Vorname ..., ich weiß nicht mehr ..., wie ein Star ..., hm ..., es hatte auch mit Monaco zu tun ... Ah, genau! *Grace* wie Grace Kelly. Ich habe mir sogar gesagt, daß sich diese Dame für eine Prinzessin hält. Das wäre ganz ihr Genre.»

«Ich muß telefonieren!»

Er wählte zweimal die Handynummer der Schwester aus den Yvelines. Nichts!

«Hallo, ist dort die *Auberge bleue*? Hier Kommissar Laice ... Ich möchte Agnès sprechen ... Sie ist in Granville? Seit wann? Oh, Scheiße! Ehm ..., entschuldigen Sie, nein, nein, nichts ..., auf Wiederhören, Madame!»

Agnès hatte drei Nachrichten im Büro hinterlassen. Herrgott noch mal! Und es war auch noch Freitag, der Beginn des Wochenendes! Wo steckte diese verdammte Psychologin? Bei ihrem verfluchten Charakter war sie sicherlich dabei, sich großen Ärger einzuhandeln!

NEBEL

Ihre Finger verknoteten sich wie ein Garnknäuel, alles klebte an ihren feuchten Händen. Agnès versuchte es mit einer tiefen Zen-Atmung, doch es half nichts, in dieser Puppenstube kriegte sie keine Luft. Noch nie hatte sie einen so kleinen Raum gesehen. Küche und Dusche waren nicht einmal eine Armlänge voneinander entfernt. In einem winzigen Sekretär – eigentlich handelte es sich eher um ein mit Ketten befestigtes Klapp-Pult – durchwühlte sie vergeblich uninteressante Papiere, aber sie mußte einen Beweis finden. Eine Intuition, selbst wenn sie sich diese als Gewißheit darzustellen versuchte, war nicht ausreichend. Sie fand die Bootspapiere, die auf den Namen Monsieur und Madame Yann de Coursols lauteten… Aus der Unordnung einer Schublade beförderte sie einen Zeitungsausschnitt zutage, der ein in Nerz und Smoking gekleidetes Paar in den Vierzigern zeigte. Die Ärztin und ihr Mann! «Claude de Coursols, von besonderer Eleganz, am Abend des jährlichen GIFA-Cocktails in der Avenue Marceau, Paris…» Madame Claude, geborene Brunet, gehörte wirklich zur Hautevolee. Einer Visitenkarte entnahm sie, daß Yann de Coursols Generaldirektor des Unternehmens Ballave war, das Holz, Erz und Papier transportierte. Endlich eine Verbindung zwischen dem GIFA und Granville, zwischen einer Firma mit Geld und Gloria! De Coursols war vermutlich der Typ vom GIFA, mit dem sich Gloria, in der Annahme, Hilfe zu finden, getroffen hatte!

Agnès wurde nervös, die Luft war zum Ersticken. Plötzlich hörte sie ein Geräusch. Schritte. So, jetzt kam jemand, sie war verloren, sie saß in der Falle. Man konnte sich ihrer ohne Probleme entledigen. Niemand wußte, daß sie hier war.

Das Boot begann leicht zu schwanken, dann, einige lange Minuten später, schaukelte es stärker, es mußte den Hafen verlassen haben. Agnès würde den Fischen als Futter dienen, die Reste würden in fünfzig Meter Tiefe verstreut werden. Eine grauenvolle Vorstellung! Und in dieser Nußschale gab es keine Möglichkeit, sich zu verstecken, sie konnte nicht einmal unter den Tisch kriechen oder in einen Schrank, jeder Winkel war zugebaut. Wie konnte man zugleich die große Weite und Boote lieben? Claude Brunet würde mit Sicherheit irgendwann in die Kabine kommen.

«Sie scheinen sich nicht sonderlich wohl zu fühlen, Mademoiselle Perrault, wenn ich mich nicht irre?»

Von der Treppe aus musterte Doktor Claude Brunet, verehelichte de Coursols, Agnès mit ihren harten, türkisfarbenen Augen. Sie war so schön und schick wie immer mit ihrem gebräunten Teint und ihrem makellosen Lacoste-Hemd.

«Ich versuche, eine aufrechte Stellung einzunehmen, denn der Raum zwischen Tisch und Spüle ist nicht gerade wie in einem Loft!»

«Mein Boot interessiert Sie also so sehr?»

«Der Sohn meiner Schwester strebt nach Unabhängigkeit und angesichts der Quadratmeterpreise im Pariser Raum wollte ich mich informieren. Die Einrichtung eines Boots ist sehr aufschlußreich. Ich fühle mich jetzt ein wenig verantwortlich für meinen Neffen.»

«Sie hätten an ihn denken sollen, ehe Sie sich in meine Hände begeben haben! Suchen Sie etwas?»

Agnès bekam sich wieder in den Griff. Wenn die andere reden wollte, hatte sie noch eine Chance.

«Den Grund, warum Sie meine Schwester getötet haben ...»

Das Gesicht der Ärztin nahm einen erleuchteten Ausdruck an, ganz so, als würde sie magisch von einem Jenseits angezogen, zu dem nur sie Zugang hatte.

«Sie sind also ihre Schwester? Als ich Sie untersucht habe, hatte ich einen Verdacht. Da war irgend etwas ...»

Sie lächelte. Agnès dachte: dieses eisige Lächeln der Schizophrenen, das man ihnen während des Studiums an einigen Fällen im psychatrischen Krankenhaus von Straßburg vorgeführt hatte. Eine Art Glück jenseits der Sterne. Sie mußte reden, reden, die Geschichte erzählen, Zeit gewinnen, einen Ausweg finden.

«Ihr Ex-Mann hat wahrhaftig schöne Frauen gesammelt, aber Nouredine Naoud muß auch ein sehr schöner Mann gewesen sein. Ohne das Foto von Ihnen und den Kindern aus jener Zeit, da Sie noch eine intakte Familie waren, hätte ich nie herausgefunden, daß die Ärztin, die meine Schwester kostenlos behandelte, und Nouredine Naouds Ex-Frau ein und dieselbe Person sind! Ich hegte einen gewissen Verdacht hinsichtlich Ihrer Person, aber Sie schienen so wenig berührt durch meinen Besuch! Das ist der Vorteil der Schizophrenen: sie verziehen keine Miene, bleiben immer kaltblütig! Natürlich, die krankhafte Sauberkeit in Ihrer Praxis, dieses Foto von Mapplethorpe, das fand ich nicht sehr einladend. Ich mißtraue Besessenen, solche Zwangsvorstellungen von Sauberkeit und Schönheit können zu den schlimmsten Greueltaten führen. Und ich habe auch nicht verstanden, warum Sie Gloria kostenlos behandelt haben, wenn Sie sie kaum kannten ...»

«Ich hätte es vorgezogen, sie nie kennengelernt zu haben. Sie hat mein Leben zerstört.»

Agnès überlegte vergeblich, was sie sagen könnte, aber im Grunde genommen wußte sie nichts. Nachdem sie das Foto von Claude Brunet bei Nouredine gesehen hatte, war sie zu ihrer Praxis gerast. Geschlossen. Dann war sie nach Granville gejagt, sie hatte an das Boot der Ärztin gedacht und an den Yachthafen, in unmittelbarer Nähe des Thalasso-Instituts, wie bequem.

«Sie können nicht verstehen, was ich als jung verheiratete Frau und Mutter mit einem Mann durchgemacht habe, der nur an sie dachte», fuhr Claude Brunet de Coursols fort. «Nouredine war mein ein und alles. Als ich ihn kennengelernt habe, war ich verlobt. Ich habe die Verlobung aufgelöst, mich mit meiner gesamten Familie überworfen. Wir kamen gerade von der Hochzeitsreise zurück, als Gloria sich auf ihn gestürzt hat.»

«An jenem Abend auf dem Empfang bei *Elf*?»

«Ich lag im vierten Monat schwanger und mit über vierzig Fieber im Bett. Ich hatte mir auf Tahiti eine Tropenkrankheit zugezogen. Als Yann mir erzählte, mein Mann hätte den ganzen Abend mit einer schönen Brünetten geflirtet, habe ich ihm nicht geglaubt, ich hielt es für reine Eifersucht. Doch dann schöpfte ich sehr schnell Verdacht. Nouredine war nicht mehr der alte, und so sehr er auch beteuerte, er würde mich nicht betrügen, ich glaubte ihm nicht. Ich habe alles getan, wozu eine eifersüchtige Frau fähig ist: ihm nachspioniert, seine Sachen durchsucht, jemanden engagiert, der ihnen folgen und Fotos machen sollte. So kannte ich Gloria schließlich in- und auswendig. Ich wußte über all ihre Gewohnheiten Bescheid. Ich glaube, ich habe mich sogar zu einer Art Akzeptanz durchgerungen. Ich wußte, daß Nouredine mich nicht verlassen würde. Wir bekamen ein zweites Kind. Dann habe auch ich mir einen Liebhaber zugelegt. Ich war nicht wirklich verliebt in Yann, aber er liebte mich für zwei, und ich hatte einen solchen Mangel an Zuwendung! Ein Verlobter, von dem man sich trennt und der ohne Unterlaß wiederholt, daß er auf einen wartet, das ist eine wahre Gunst des Schicksals! So war es mir fast gelungen, glücklich zu sein...»

Bei diesen Worten stieß sie ein kleines, hämisches Lachen aus, schrill wie berstendes Kristall. Glücklich? Wer's glaubt! Sie mußte stocksauer gewesen sein. Sie hatte sich mit ihrer vornehmen Familie überworfen, um Nouredine zu heiraten, der zwar ein Diplomat war, aber dennoch ein Araber! Einmal in ihrem Leben hatte Claude Brunet auf die Marmor-Seiden-Bonbonniere verzichtet! Und der Mann ihres Lebens hatte sie hintergangen, ihren Wahn nach Perfektionismus zerstört, indem er sie mit einer Halb-Araberin betrog, die noch dazu mit einem Neger verheiratet war! Welch eine Beleidigung!

«So glücklich waren Sie sicher nicht, sonst hätten Sie nicht Glorias Mann einen Brief mit einem Foto von den beiden geschickt!»

«Ich wollte ihnen das Leben schwermachen! Nouredine glaubte, ich wüßte nichts, und mir war klar, wenn ich die eifersüchtige, gebrochene Frau spielen würde, wäre alles verloren. Ich mußte also subtiler vorgehen.»

«Sie hofften, wenn Glorias Mann sie vor die Wahl stellen würde, dann würde sie sich für ihn entscheiden ...»

«Ja, wegen ihres Sohnes. Sie hätte ihren Sohn nicht im Stich gelassen. Die verschiedenen Nachforschungen, die ich in Auftrag gegeben hatte, hoben alle Glorias überschwengliche Liebe zu ihrem Sohn hervor.»

«Aber ihr Mann hat nichts gesagt, er hat keinerlei Druck auf Gloria ausgeübt, er hat lediglich ordentlich Staub aufgewirbelt und dabei sein Leben aufs Spiel gesetzt, an dem ihm ohnehin kaum noch etwas lag! Von Schuldgefühlen niederdrückt, verließ Gloria Nouredine, und für Sie wurde die Situation unerträglich...»

«Wenn eine Frau mit einem Alkoholiker zusammenlebt, trennt sie sich oft in dem Augenblick von ihm, in dem er aufhört zu trinken. Bei uns war es genauso. Nouredine war, nachdem ihn seine Geliebte verlassen hatte, nur noch ein Schatten seiner selbst. Ich habe mich scheiden lassen. Ich habe Yann, der seit Jahren geduldig auf mich gewartet hat, geheiratet. Ich hatte das Recht zu überleben. Als ich vor sechs Monaten meinen Mann mit Gloria in einem Restaurant überraschte, glaubte ich, wahnsinnig zu werden ...»

Wahnsinnig war sie schon immer gewesen! Die Sorte verbohrte Irre, die glaubt, es gebe eine Elite und sie gehörte dazu. Nouredine war ihr einziger Irrtum gewesen. Als sie de Coursols heiratete, schlug Claude Brunet wieder ihren königlichen Weg ein: ein Aristokrat, von dem ihre Eltern immer geträumt hatten, ein Geschäftsmann mit dem für ihren Lebensstandard nötigen Geld, die perfekte Perfektion, die sie über ihre orientalische Verirrung mit dem schönen Nouredine hinwegtröstete. Und nun kam die Halb-Araberin wieder daher. Der bösartige Virus, der mit einem Schlag alle Hoffnungen zunichte machen kann. Die Feindin! Die dunkelhäutige Schönheit, die die Frechheit gehabt hatte, Nouredine sitzenzulassen, um die würdige Witwe zu spielen. Der leibhaftige Teufel umschlich ihren Mann aufs neue, eine Neuauflage des Alptraums, der ihr schönes Konstrukt gefährdete ...

«Gloria kannte Ihren Mann aus jener Zeit, als sie mit Baptiste zusammenarbeitete, nicht wahr?»

«Baptiste Kadoré war vor langer Zeit Yanns Anwalt.»

«Sie haben geglaubt, Gloria wolle Ihnen auch Ihren zweiten Mann nehmen? Ein wahrer Alptraum!»

«Ich schlief nicht mehr! Yann hat sich erst nach Tagen entschlossen, mit mir darüber zu sprechen: Gloria wollte, daß er in einer Angelegenheit, die ihren Mann das Leben gekostet hatte, für sie aussagte, was Yann in eine unmögliche Situation brachte. Innerhalb von vierzehn Tagen hatte er zweimal Herzprobleme ...»

«Gloria ahnte nicht, daß sie ihn gebeten hatte, gegen sich selbst auszusagen.»

«Was verstehen Sie schon von Geschäften? Wenn man Geschäfte mit Afrika macht, gelten spezielle Gesetze, die alle Beteiligten respektieren. Baptiste Kadoré hat in voller Kenntnis der Sachlage gegen diese Regel verstoßen!»

«Ihnen ist es zu verdanken, daß er kaum noch Lust zu leben hatte.»

«Es sieht so aus! Denn was er getan hat, war selbstmörderisch!»

«Und verständnisvoll wie er ist, hat Ihr Mann ihn getötet ...»

«Das stimmt nicht! Er hat ihn nicht getötet!»

«Er hat nur jemanden dafür bezahlt, daß er an seinem Auto rumbastelt; das ist das gleiche!»

«Yann hat niemanden getötet, und er fürchtete keine gerichtliche Untersuchung!»

«Wiederholte Herzprobleme, das hat nichts mehr mit Furcht zu tun, das ist das blanke Entsetzen!»

«Die polizeiliche Untersuchung hat ergeben, daß Baptistes Tod ein Unfall war ... Und es war ein Unfall. Vor Gericht hätte Yann mit Sicherheit gewonnen ...»

Leider wußte Agnès, daß die Verrückte recht hatte. Was sie und ihr Mann fürchteten, das war der Skandal, und diese Irre war fähig gewesen zu töten, um ihren Seidenteppich vor Unordnung zu bewahren. Alles andere, nur nicht in den Schmutz gezerrt werden.

«Seit einigen Jahren ist es Mode, Dinge hochzuspielen», erklärte die Ärztin mit verächtlicher Miene. «Es reicht, wenn man wie Yann einen wichtigen Posten innehat, gleich kommt eine ganze Schar von Journalisten und Wühlmäusen daher, die nur darauf aus sind, Ihren Ruf zu zerstören. Das ist die wahre Dekadenz in Europa, die Folter, der seine

Elite ständig ausgesetzt ist! Wenn ein Geschäftsmann von Yanns Ansehen in eine gerichtliche Untersuchung verwikkelt ist, und seine Geschichte in den Zeitungen breitgetreten wird, ist sein Leben und das seiner Familie zerstört. Ich wollte nicht, daß wir diese Prüfung über uns ergehen lassen. Wir haben sie nicht verdient.»

«Also haben Sie Gloria getötet ...»

«Sie glauben alles zu verstehen, was? Sie sind wie Ihre Schwester, keinerlei Respekt gegenüber den anderen. Jeder hat ein Anrecht auf seinen Teil. Wissen Sie, was das Gefährlichste in unserer Welt ist? Engel und Heilige, die glauben, das Gute auf Erden zu verkörpern. Eine öffentliche Gefahr!»

«Nachdem Sie Glorias Gewohnheiten bis ins kleinste Detail kannten, und Gloria Ihnen nie begegnet ist ...»

«Das stimmt, sie hatte mich nie gesehen!»

«Sie haben einen Weg gefunden, sie kennenzulernen, ihre Freundin, ihre Vertraute und ihre Ärztin zu werden. Das war nicht schwer, Sie wußten alles über sie ...»

Das war es! Claude Brunet, Ex-Madame Naoud, hatte Gloria genauso bezaubert, wie sie auch Agnès selbst auf den ersten Blick fasziniert hatte. Ihre Klasse, ihre Schönheit. Endlich hatte Gloria eine Freundin gefunden, jemanden, der ihrer Einsamkeit ein Ende machte!

«Sie haben ihr auch zu einer Thalasso-Kur in Granville geraten, um sie ein für allemal loszuwerden. Die örtliche Polizei hatte nur eine geringe Chance, auf Sie zu kommen!»

«Sie wird auch nicht auf mich kommen. Da haben Sie ganz recht, und ich danke Ihnen, daß Sie zu mir gekommen sind. Letztlich haben Sie sich ebenso leicht steuern lassen wie Ihre Schwester!»

Agnès' Knie begannen zu zittern. Noch nie hatte sie eine so katastrophale Meinung über sich selbst gehabt. Seit ihrer Rückkehr aus Hongkong hatte sie nichts als Dummheiten gemacht. Es war ihre Schuld, daß die Polizei niemals Wind von Glorias Beziehung zu Nouredine bekommen hatte, dabei war es *More is less'* erste Vermutung gewesen, daß eine Frau wie Gloria Eifersucht und Leidenschaft auslösen konnte. Ungewollt hatte Agnès dieses Miststück gedeckt...

Claude Brunet saß auf einer der oberen Stufen und lächelte entrückt. Sie war auf der anderen Seite des Spiegels. Nur der linke Augenwinkel zuckte regelmäßig. Eine kaum wahrnehmbare Bewegung, die ihren Wahnsinn verriet. Sie klappte die Stufe hinter sich hoch und zog eine Knarre heraus, die sie auf Agnès richtete.

«Sie hassen Blut, ich weiß, daß Sie mich so nicht töten können», flüsterte Agnès, die ohne allzu große Überzeugung auf die Richtigkeit der Humanwissenschaften setzte.

«Ich werde Ihnen lieber eine Betäubungsspritze machen...»

«Das ist eine Manie bei Ihnen!»

«... und Sie über Bord werfen. Bis man Sie findet, bin ich schon weit weg. Ich werde nach Afrika zu Yann fahren.»

Agnès ging ganz langsam auf sie zu:

«Keine Bewegung!» brüllte die Ärztin. «...Oder ich schieße!»

«Jetzt sitzt du aber in der Klemme! Wie willst du mich über Bord werfen, wenn du nicht abdrückst?»

Noch ein Schritt, Bauchatmung, in dieser verfluchten Kabine konnte sie nicht weit genug ausholen. Agnès' Fuß schnellte hoch, es lebe das Aikido, die Hand der anderen wurde in die Luft geschleudert, ohne daß sie die Waffe losgelassen hätte, die Kugel schlug durch eines der Bullaugen. Es gelang Agnès, die Hände der Irren zu fassen zu kriegen, aber dieses Miststück hatte außergewöhnlich viel Kraft. Im Verlauf des Kampfes klemmte sie Agnès' Kopf zwischen ihre Knie, ein Handkantenschlag, es war soweit, sie würde ihr wie einem Hasen das Genick brechen. Es tat höllisch weh, dann hörte sie großes Getöse. Das war der Gipfel, sie würden mitten auf dem Ärmelkanal Schiffbruch erleiden...

«Lassen Sie sie los, Polizei! Loslassen oder ich schieße...»

Die Ärztin drückte ab, die Kugel prallte an einer kupfernen Stange ab und bohrte sich in die Decke. Agnès sah, wie Kommissar Laice die Verrückte bei den Händen packte. Der Druck der Knie löste sich, Agnès bekam wieder Luft, aber ihr Hals war wie zermatscht. Sie kam wieder zu Atem. Es dauerte lange, sie sagte nichts. Ein anderer Polizist kam die Treppe herunter.

«Schon gut, schon gut», meinte Maurice.

Er hielt seine Waffe auf Claude Brunet gerichtet. Die Zähne zusammengebissen, das Haar wirr, tiefe Ränder unter den Augen wirkte er fast sexy. Agnès' Kehle war zugeschnürt, und sie hatte Mühe, die Tränen zurückzuhalten. Sie öffnete den Mund, doch kein Laut kam heraus.

«Fangen Sie bloß nicht an zu spötteln», knurrte Momo, «noch bin ich nicht seekrank, dazu habe ich zu schlechte Laune! Für solchen Unsinn hätten Sie verdient, daß ich Sie übers Knie lege.»

Agnès kam langsam wieder zu Atem, jeder Knochen tat ihr weh, aber sie war so froh. Er war zur rechten Zeit gekommen, am liebsten hätte sie ihn geküßt. Ihre Stimme klang ein wenig heiser, als sie sagte:

«So weit würde Ihre Freundlichkeit gehen? Ehrlich, wenn das so weitergeht, werde ich noch ein Auge auf Sie werfen!»

«Sie sind wirklich unmöglich!»

«Und eine echte Niete! Ich schäme mich so! Als ich das Foto von diesem Miststück bei Glorias Liebhaber gesehen habe, da habe ich begriffen, daß ich von Anfang an Ihre Untersuchung behindert habe. Ich wollte nicht, daß Sie erfahren, daß meine Schwester eine Affäre hatte. Ich bin wirklich das Letzte, das dürfen Sie gerne von allen Dächern schreien, ich werde nicht auf einer Richtigstellung bestehen.»

«Ach, auch die Allerletzten haben ihr Gutes. Wenn Sie mir nicht den Namen der Mörderin gesagt hätten, wäre ich nicht hier.»

Maurice sah Tränen über die Wangen der Schwester rinnen. Für eine halbe Sekunde wurde ihm bewußt, daß er es sein ganzes Leben lang bereuen würde, nicht auf der Stelle zu ihr zu gehen, um sie in die Arme zu nehmen. Doch er gab sich damit zufrieden, der Ärztin Handschellen anzulegen, als ob nichts wäre. Er ertrug sich wirklich selbst nicht mehr. Warum konnte man nicht bei Gericht die Scheidung von sich selbst beantragen?

Agnès wischte sich die Tränen ab. Sie zwang sich, Claude Brunet nicht anzusehen. Eilig gehorchte sie dem Polizisten, der Momo begleitete, verließ die Kabine und ging zum Heck des Schiffs, das sich aufbäumte, um dann wieder auf das von Schaumkronen bedeckte Wasser zu klatschen. Ihr war kalt. Dichter Nebel hatte sich über das Meer gesenkt, und in dieser bläulichen Watte tänzelte im Kielwasser der Polizeibarkasse die *Grace*, das Schiff von Doktor Claude Brunet. Agnès begriff, daß der Schmerz erst anfing. Nach Glorias Tod hatte ihr Rachebedürfnis wie ein Beruhigungsmittel gewirkt, doch das war jetzt vorbei. Die Verhaftung von Claude Brunet vermochte Glorias Tod nicht aufzuwiegen, sie stieß das Messer nur noch tiefer in die Wunde. Baptistes Liebe zu Gloria hatte ihn dazu getrieben, Kamikaze zu spielen, Glorias Schuldgefühle hatten sie zu einem selbstmörderischen Heroismus verleitet. In ihrer Einsamkeit hatte die gebrochene Frau ihre Rivalin und Feindin für eine Freundin gehalten, den Mörder von Baptiste für einen Vertrauten. «Liebe ist dann zu stark, wenn sie tödlich ist», besagt ein Sprichwort.

Als sie in den Hafen einfuhren, trat Maurice zu Agnès.

Er zögerte, dann zog er sie an sich und hielt sie mindestens zwei Minuten lang fest umschlossen. Nur einmal, nur so, als Erinnerung, das brauchte er:

«Keine Sorge, wir siezen uns weiter!»

Agnès machte sich keine Sorgen. Dazu war sie viel zu erledigt. In ihr Schweigen eingeschlossen wie Gloria. Sie schmiegte ihr Gesicht an die Schulter von *More is less.* Für einen Augenblick ließ sie sich gehen, ohne nachzudenken. Sie wollte nur die Wärme eines Menschen aufnehmen, das fehlte ihr allzusehr. Dichter, klebriger, undurchsichtiger Nebel umschloß sie. Hinter einer dicken Schicht Pergamentpapier erkannte man kaum die Hafeneinfahrt. Ein Nebelhorn stieß seinen langen, klagenden Ruf aus, der die Menschen daran erinnert, daß die Erde rund ist, und man ihr nicht entkommen kann.

BUNT

Agnès faltete den auf Luftpostpapier geschriebenen Brief von Youssouf zusammen, in dem er seiner Hoffnung Ausdruck verlieh, Elvis, Julie und sie würden im Sommer kommen. Mit der Million aus dem Safe hatte er zwei gebrauchte Lastwagen von deutschen Firmen kaufen können, und sie waren dabei, ein Bewässerungssystem einzurichten, mit dessen Hilfe sich die Produktion von grünen Bohnen innerhalb von sechs Monaten verdoppeln dürfte. Agnès fragte sich, ob sie die Kraft hätte, Elvis zu begleiten. Sie war zu deprimiert. Sie hatte ihre Praxis wieder geöffnet: Auf Melancholiker und Magersüchtige folgten frigide oder geschlagene Frauen, und sie hörte ihnen entmutigt und voller Überdruß zu, was sie bisher nie gekannt hatte. Sie spürte, daß sie in den letzten Wochen enorm gealtert war. Sie hatte sich in einem Sumpf gewälzt, der ihr an der Haut klebte und den sie nie mehr loswerden würde. Sie war viel älter als dreißig, sie trug schon vierzig, fünfzig Jahre auf dem Buckel. Die Zeit glitt ihr in schwindelerregendem Tempo durch die Finger. *More is less*.

Die Tage waren länger geworden, und gegen sieben Uhr tauchte die tiefstehende Sonne die *Auberge* in ein schönes

Licht. Agnès hatte Forsythien, Flieder und Margeriten vor das Fenster von Glorias Arbeitszimmer gepflanzt, um ihre Asche zum Leben zu erwecken. Bunte, blühende Büsche wiegten sich im Abendwind. Agnès dachte, daß dies das einzige war, was ihr vorübergehend Frieden schenkte. Nachts schlief sie zwölf Stunden, ohne daß der Schlaf sie erholte. Sie hatte sich so sehr für so wenig verausgabt! Letztlich war das das Leben: voller Schwermut abends um sieben sein kleines Blumenbeet zu betrachten.

Die Akte «Gloria» war von Granville an die großen Schauplätze der Pariser Justiz überstellt worden. Annick hatte sich mit einem internationalen Anwalt zusammengetan, eine Art Baptiste II, der bereits Verfahren gegen mehrere Erdölfirmen angestrengt hatte. Gestützt auf die Aussage von Bruno Meynard, dem alten Journalistenfreund von Annick und Baptiste, hatte er offiziell eine Untersuchung der Umstände von Baptistes Tod beantragt. Meynard hatte ausgesagt, Baptiste habe ihm kurz vor seinem Tod anvertraut, daß er Yann de Coursols – den Ehemann von Claude Brunet, Ex-Naoud – wegen Mitschuld an der Tragödie, die Ruanda 1994 heimgesucht hatte, anzeigen wollte: Ballave, die Gesellschaft von Yann de Coursols, hatte von Februar bis April 1994 Waffen und Munition über den Tschad nach Ruanda gebracht und dafür im Gegenzug das Recht erhalten, einige hundert Quadratmeter tropischen Regenwaldes für seine Papierfabriken abzuholzen. Das war nicht weit von einer Mitschuld am Genozid entfernt. Aber nicht nur de Coursols und der GIFA, zu dessen bedeutendsten Mitgliedern er gehörte, waren in Mißkredit geraten, sondern auch hohe Beamte der damaligen Regierung.

Man hatte von Gabun, wohin Yann de Coursols geflohen war, die Auslieferung des Geschäftsmanns gefordert. Annick konnte nicht sagen, wie lange dieser Antrag in den Wirren der Verwaltung und der Justiz steckenbleiben würde. Vermutlich jahrelang. De Coursols' Anwälte plädierten auf Selbstmord Baptistes, da er entdeckt hatte, daß seine Frau ihn seit Jahren mit Nouredine Naoud betrog ...

Im Grunde hegte Agnès nur wenig Hoffnung, daß eines Tages ein gerechtes Urteil gefällt werden würde. Sie beugte sich über den Fliederstrauch und brach einige Zweige für einen Strauß ab. Gloria fehlte ihr mehr denn je. Selbst die Erinnerung an sie fing zu verblassen an. So sehr sich Agnès auch anstrengte, das Gesicht ihrer Schwester wollte nicht mehr in ihrem Gedächtnis auftauchen, ohne sich mit den Zügen von Claude Brunet zu vermischen, wie in einem jener Videoclips, wo sich die Gesichter zweier Personen übereinanderlegen. Es gelang Agnès nur mühsam, diese Schimäre zu vertreiben, die sie bis in den Schlaf und in die Sitzungen mit ihren Patienten verfolgte. Sie wußte nicht, wie sie dem Haß entkommen sollte, den sie für die Mörderin ihrer Schwester empfand, jenem monströsen Gefühl, das der Faszination nahekam. Würde sich diese Obsession nach und nach in Verachtung und dann in Gleichgültigkeit verwandeln? Das zumindest war Agnès' Bestreben. Claude Brunet war nichts als eine kleine neurotische Kriminelle, die im Gefängnis auf ihren Prozeß wartete, und deren Anwälte auf ein Verbrechen aus Leidenschaft plädierten. Die erbärmliche Heldin aus der Rubrik Vermischtes.

Agnès betrachtete ihren Fliederstrauß. Sie fühlte sich wie eingeengt in ihrer Haut. Sie bedauerte es, daß Nouredine Naoud sie nicht mehr treffen wollte. Aber das war sicher besser so. Es war noch nie etwas Gutes daraus entstanden, wenn man das Unglück zweier Menschen zusammenfügte. Agnès wußte, daß er sich für die Morde an Baptiste und Gloria verantwortlich fühlte und daß er seine Depression bis zu seinem Totenbett mit sich rumschleppen würde. Als er Agnès zum ersten Mal begegnet war, hatte Nouredine ihr gesagt, Gloria und er hätten immer gewußt, daß ihre Liebe zum Scheitern verurteil wäre. Doch er hatte nicht ahnen können, daß sie die Keimzelle einer solchen Tragödie sein würde.

Als sie die blauen Fensterläden sah, dachte Agnès an *More is less*, für den sie grün waren, und an die Hand, die sie ihm nicht entgegengestreckt hatte. Mit einigem Abstand schien es ihr, daß sie noch nie einen Mann wie ihn getroffen hatte, sondern nur Individuen, die zu benutzen und nach Gebrauch wegzuwerfen waren. Sie ähnelte einem ihrer Patienten, der dreimal die Woche kam. Mit vierzig Jahren hatte er seine Frau wegen einer Jüngeren verlassen, ganz so wie man den Computer oder das Auto wechselt, getreu dem Prinzip, neuere Typen sind leistungsfähiger. Die Jüngere war demselben Prinzip gefolgt und hatte ihn für einen Mann ihres Alters verlassen. In einem solchen Supermarkt der Gefühle zerrann einem die Liebe unter den Fingern, und niemand, außer den Psychologen, kam auf seine Kosten! Doch darüber konnte sie sich schließlich nicht beklagen ...

Sie ging durch den Garten zur *Auberge*. Moune, mit neuer Haarfarbe und Dauerwelle, eine Schürze umgebunden, war auf hundertachtzig. Elvis hatte sich mit Julie gestritten und verließ sein Zimmer nicht mehr:

«Ich habe Angst, daß er eine Dummheit macht, Agnès. Wenn du sein Gesicht gesehen hättest, als er nach Hause kam! Er hat sich in seinem Zimmer eingeschlossen und seit gestern abend nichts mehr gegessen ...»

«Mama, nun mach bitte kein Drama daraus!»

Agnès ging zu Elvis' Zimmer hinauf.

«Elvis, mach auf!»

«Laß mich in Ruhe!»

«Hör bitte auf mit dem Theater. Was ist denn los? Hast du dich mit Julie gestritten?»

«Laß mich ... Das ist mir egal! Mit Julie ist es aus!»

«Aber das ist kein Grund, dich einzuschließen. Deine Großmutter macht sich furchtbare Sorgen ...»

«Mir doch wurscht! Habe ich nicht das Recht, einmal meine Ruhe zu haben, verdammt noch mal? Ich ersticke in dieser Bude!»

«Wir haben Post von Youssouf bekommen ...»

«...»

Agnès dachte, er würde öffnen, aber nein! Mit einer müden Geste schob sie den Luftpostbrief unter der Tür durch. Eigentlich stimmte es, er hatte das Recht. Auf der Treppe dachte sie an die Epidemie, die unter den jungen Japanern grassierte: In Tokio verließen Tausende von Kindern ihr Zimmer nicht mehr und kommunizierten nur noch schriftlich mit ihren Eltern, wenn sie schweigend ihr Essenstablett entgegennahmen... Absurd solche Gedanken. Liebeskummer, das dauert nicht. Das hat jeder mal durchgemacht. Die Liebe ist nichts als Glatteis, auf dem man sich das Genick bricht. Trotzdem, die rothaarige Julie war nur eine kurze Flamme. Es war immer furchtbar, eine Fee zu treffen. Das zog früher oder später eine schlechte Nachricht nach sich. Dennoch, Elvis hatte die Sache beendet. Eine schnelle Trennung! Sollte er in Gefühlsangelegenheiten ebenso bedingungslos sein wie der Rest der Familie? Nein, das war keine Vererbung, eher eine Hartnäckigkeit des Schicksals. Elvis hatte einen solchen Schock bekommen, als er in Glorias Tagebüchern las, daß Nouredine und sie jahrelang Geliebte waren. Agnès hatte vesucht, die wahnsinnige Liebe seiner Mutter zu Nouredine zu erklären. Elvis hatte nicht den geringsten Kommentar abgegeben. Er mußte die Nase voll haben davon, schlechte Nachrichten zu verdauen.

Als Agnès den Hausflur betrat, sah sie von hinten einen Mann, der mit Moune sprach. Ihr Herz schlug schneller. Das war der kleine Vollidiot aus Granville. Sie blieb abrupt stehen. Ihr wurde bewußt, daß sie die ganze Zeit über an diesen eher häßlichen Kerl, der weder groß noch sexy war, gedacht hatte. Ungewollt und unbewußt hatte er sich in ihr

Inneres gedrängt. Es war, als wären sie schon seit langem Liebende in einer großen, traurigen Luftblase, gefüllt mit Mord und Unheil und ebenso schwarz wie das Leben. Sie dachte, daß Liebe und Tod in den Köpfen zu gut zusammenpaßten, als daß man ihre Vermählung am hellichten Tag feierte. Man sagt, Weiß sei die Mischung aller Farben, aber eigentlich ist es Schwarz!

Agnès wollte gerade den Rückzug antreten, als Moune ausrief:

«Ah, da ist sie ja!»

Momo wandte sich um. Er wirkte jünger mit seinem warmen, freundlichen Blick und dem gräßlichen Pullover, der die Farbe von oxydiertem Senf hatte und unter dem ein kakaobraunes Hemd hervorsah. Ein steifes Lächeln, das seiner Wangenmuskulatur offenbar einiges abverlangte, huschte über sein Gesicht:

«Ich hatte Angst, Sie nicht anzutreffen. Ich weiß nicht warum, ich hatte das Gefühl, Sie wären am anderen Ende der Welt.»

«Angst?»

«Eine Redensart, Sie wissen ja, wie das ist, für einen Stubenhocker wie mich braucht es nicht viel.»

Sie antwortete nicht, tauchte nur ohne Mitleid ihren Blick in seine Augen und sah, wie er in einem Wildwasser versank. Er stammelte dreimal «ehm» und hüstelte dazwischen verlegen, dann:

«Da ich gerade vorbeikam, wollte ich Sie zum Abendessen einladen. Ich habe Granville verlassen und mache etwas Urlaub, ehe ich meine neue Stelle antrete. Man hat mich ins 18. Arrondissement, in die Goutte d'or, versetzt. Die sind nett zu mir, sie wollten nicht, daß ich mich langweile ...»

«Sie sind vielleicht lustig, schneien einfach so herein, um mich zum Abendessen einzuladen ... Und Sie glauben, ich hätte nur auf Sie gewartet ...»

«So bestand die Möglichkeut, daß Sie schon etwas vorhaben. In meinem Alter kalkuliert man die Risiken.»

«Sie haben recht, das ist wesentlich vernünftiger!»

Innerlich beschimpfte sich Momo, er hätte niemals kommen dürfen. Für wen hielt er sich, die Schwester hatte mit einer Niete wie ihm nichts im Sinn. Er hatte noch Glück gehabt, daß sie ihn überhaupt erkannt hatte! Sie war genauso hübsch, wie er sie in Erinnerung hatte, und genauso ein Ekel. Sie war ungeschminkt, ganz ohne Maske, mit wirrem Haar. So mußte sie beim Aufwachen aussehen, wundervoll. Er stellte sich vor, daß sie sich jeden Morgen rekelte und lautstark gähnte, während sie ihre Brüste dem Himmel entgegenreckte. Dieses Mädchen war wirklich schädlich für seine Gesundheit. Sie hatte pfefferminzgrüne Augen, das war ein schlechtes Zeichen!

«Schon als ich Sie das erste Mal gesehen habe, wußte ich, daß es mit Ihnen kunterbunt werden würde!»

«Machen Sie keine Witze, Sie sind farbenblind!» murmelte Agnès mit einem leisen Lachen, doch ihre Stimme erstarb.

«‹Perrault? Wie der Märchensammler...?›. Das war der erste Blödsinn, den ich von mir gegeben habe, wie erbärmlich», stöhnte Momo.

Agnès sah ihn an wie eine Verurteilte. Ihr Kinn zitterte. Aus der Küche drang starker Essensgeruch, Agnès sah zum Garten hin, der vor dem noch hellen Himmel immer dunkler wurde. Momo wußte nicht weiter. Das war der Moment, die Dinge auf das Wesentliche zu reduzieren, und zwar jetzt oder nie:

«Ich hab's immer gewußt, wir würden uns nie duzen!» sagte er und machte auf dem Absatz kehrt.

Diesmal würde er bestimmt am nächsten Tag ins Mâconnais fahren, um seine Eltern zu besuchen. 250 Kilometer bis Tours, 150 bis Bourges und ebenso viele bis Charolles... Wieviel machte das insgesamt? Zehn Stunden

Ruhe. Idioten langweilen sich auch ganz alleine nicht wirklich. Sie erzählen sich etwas. *More is less is more is less*… Die Sache, die einem ständig durch die Finger gleitet und sich um sich selbst dreht.

«He, was ist nun mit dem Abendessen, was schlagen Sie vor?» rief Agnès von weitem hinter ihm her.

Jean-Patrick Manchette

Volles Leichenhaus

Série Noire

DistelLiteraturVerlag

ISBN 3-923208-43-X